Y Dryslwyn

Elizabeth Watkin-Jones

Diweddariad Hugh D. Jones

Gwasg Gomer
1985

Argraffiad Cyntaf—Chwefror 1985

ISBN 0 86383 107 9

Dymuna'r cyhoeddwyr gydnabod cymorth a chyfarwyddyd Adrannau'r Cyngor Llyfrau Cymraeg a noddir gan Gyngor Celfyddydau Cymru.

Argraffwyd gan J. D. Lewis a'i Feibion Cyf.,
Gwasg Gomer, Llandysul

PENNOD 1

Yr Ergyd

Safai Tafarn y Cei ar y traeth yng nghesail creigiau ysgythrog a deuai'r môr bron i garreg y drws pan fyddai'n ben llanw. Troellai llwybr trol caregog, serth, igam-ogam drwy ganol y creigiau ar un ochr i'r dafarn i fyny at wastatir o rug a mân dyfiant. Draw ar y rhos safai pentref bychan ac er nad oedd ond rhyw ddeugant o bobl yn byw yno ymestynnai am tua hanner milltir gan fod y tai gymaint ar wasgar hyd yr unigeddau gerwin. Tai a bythynnod bychain digon diolwg oeddynt, at ei gilydd, rhai â'u muriau o dywyrch a mawnen ddu ac eraill yn gabannau unnos wedi eu codi rhwng cyfnos a gwawr.

Rhedai rhwydwaith o lonydd isel, cul, ceimion trwy'r pentref ac ar gwr un ohonynt safai rhes o elusendai a noddid gan yr Ustus Llywelyn, uchelwr y fro. Gŵr urddasol iawn yr olwg oedd ef a'r pentrefwyr yn rhoi parch mawr iddo bob amser. Yr oedd rheswm da am hynny. Ef oedd ffon bara llawer ohonynt oherwydd ar y faenor, ei diroedd ef, y byddent yn llafurio o ddydd i ddydd. Ar godiad tir uwchlaw'r pentref y safai'r Faenor, ei gartref, gan edrych i lawr yn fawreddog drwy'r coed ar y clwstwr o dai islaw wrth ei draed. Ymestynnai ei diroedd graenus i'r pedwar cyfeiriad o gwmpas y plasty.

O fewn tafliad carreg iddynt yr oedd tafarn arall, un fwy o lawer na Thafarn y Cei, er bod cysylltiad pur agos rhyngddynt. Hon oedd Tafarn y Ddraig ac ar y sgwâr glas o'i blaen safai rhes o stablau yn groesgongl i'r tŷ, â'u talcenni at y môr. Byddai'r pentrefwyr yn llawn diddordeb yn gwylio'r goets fawr a ddeuai heibio unwaith yr wythnos ar ei ffordd o Lundain i Gaergybi ac yna yn ôl drachefn i Lundain. Yma, yn Nhafarn y Ddraig y byddent yn newid y ceffylau tra byddai'r teithwyr yn mwyn-hau pryd o fwyd cynnes yn y gwesty. Os byddai gyrrwr go garedig ac amyneddgar ar y goets, caent eistedd am ychydig wedyn i dwymo o flaen y tân a losgai'n eirias drwy'r dydd ac a gâi ei enhuddo bob nos, yn yr ystafell eang oedd â'i thrawstiau cyn ddued â'r simnai fawr ei hun.

Ar noson rewllyd, oer, tua dechrau mis Tach-wedd, eisteddai Gruffydd Ellis, perchennog Tafarn y Ddraig, yn ei barlwr bach yn y cefn gan syllu'n fud i'r tân o'i flaen. Drwy'r drws agored y tu ôl iddo ceid cipolwg ar y gegin a gellid gweld darn mawr o gig eidion yn troi'n araf ar gigwain o flaen y tan-llwyth tân a losgai ar yr aelwyd. I'w ffroenau deuai aroglau cigoedd yn rhostio a phasteiod yn crasu wrth i'r morynion agor y popty yn awr ac yn y man. Ond nid oedd Gruffydd Ellis yn ymwybodol o'r prysurdeb na'r aroglau hyfryd oedd y tu cefn iddo. Yr oedd pibell glai, cyhyd â'i fraich, yn segur ar y bwrdd a ffiolaid o fragod poeth ar y pentan heb ei gyffwrdd.

Daeth cnoc ysgafn ar y drws a arweiniai o'r ystafell fawr a neidiodd yntau fel pe bai rhywun wedi ei ddeffro yn sydyn. Agorodd y drws yn araf a cherddodd bachgen ifanc tal, golygus i mewn. Yr oedd yn hawdd gweld mai gŵr bonheddig ydoedd. Disgleiriai'r lamp a hongiai o'r to ar y byclau arian ar ei esgidiau ac ar sidan du ei sanau drud.

'Noson oer heno, Gruffydd Ellis,' meddai'r llanc gan lacio ei fantell. 'Mae hi'n rhewi'n galed. Heb ddod mae'r goets, mi welaf. Mae hi sbel ar ôl ei hamser.'

Yr oedd yn amlwg ei fod ef a'r tafarnwr yn bur gyfarwydd â'i gilydd. Nid pawb a gâi gerdded i mewn i'r parlwr bach fel hyn.

'Ydi, mae hi,' cytunai Gruffydd Ellis. 'Ond mae'r ffyrdd mor ddrwg ac yn llithrig efo'r rhew 'ma. Dowch yn nes at y tân, Arthur. Sut mae'r Ustus heno?'

'Cwyno digon efo'r hen gowt 'na mae f'ewyrth,' atebodd y bachgen. 'Ac eto, roedd o'n mwynhau ei hun yn iawn efo gwŷr yr ecseis pan adewais i'r Faenor. Mae acw swper mawr heno a maen nhw wrthi'n brysur yn chwarae disiau a chardiau.'

'Gwŷr yr ecseis, ie?' meddai Gruffydd Ellis yn dawel wrtho'i hun. 'Acw heno? Felly'n wir.'

'Ia. A sgwrsio roeddan nhw pan oeddwn i'n cychwyn, am y lladron ddaru ymosod ar y mêl rhwng Exeter a Plymouth rhyw bythefnos yn ôl, a'r Esgob ei hun yn un o'r teithwyr,' meddai'r bachgen. 'Rhyw farchog ddaeth â'r stori, yn ôl gwŷr y doll.'

'Rhyw bethau fel yna oedd yn mynd trwy fy meddwl innau wrth i mi eista yn y fan yma,' sylwodd Gruffydd Ellis. 'Wyddoch chi be', dydi'r llywodraeth

7

ddim hanner digon effro efo'r lladron penffordd 'ma.'

'Chwara teg i'r llywodraeth ac i'r brenin hefyd,' meddai'r bachgen gan wenu. 'Mae ganddyn nhw ormod ar eu dwylo efo'r rhyfeloedd 'ma i drafferthu rhyw lawer efo lladron a smyglwyr. Mae gan y llywodraeth ddau ryfel ar eu dwylo, Gruffydd Ellis, ac nid peth bychan ydi hynny, yn siŵr i chi. Mi fyddai'r helynt efo America yn ddigon i unrhyw wlad heb sôn fod Ffrainc â'i dannedd yn ein gyddfau hefyd.'

'Wn i fawr am y rhyfeloedd 'ma, wir,' meddai Gruffydd Ellis. 'Dydw i ddim yn sglaig fel chi, 'machgen i. Ond mi wn i un peth. Mae 'na ormod o estroniaid yn y wlad 'ma o lawer. Tasa dim ond y carchar mawr 'na yn Lloegr lle mae 'na filoedd o Americanwyr a Ffrancwyr yn garcharorion rhyfel. A maen nhw'n deud eu bod nhw'n marw fel pryfed yno. Ac yn ôl y sôn, mae'r carcharorion wedi dod â'r frech wen drosodd efo nhw. A dyna i chi'r wlad o gwmpas y carchar yn berwi efo lladron. Ond bobl bach, be' ydw i'n sôn! Does yma ysbeilwyr yn nes aton ni o lawer iawn, tasa ond y Brodyr Llwydion sy'n ysbeilio tua Bwlch y Rhyd a'r cyffiniau. Rhai garw ydi'r Brodyr Llwydion, meddan nhw.'

Yr oedd porthmon rhadlon yr olwg wedi gweld y drws yn gil-agored a chlywed y lleisiau. Rhoddodd ei ben i mewn wrth fynd heibio o ystafell arall. Yr oedd mewn pryd i glywed cynffon y sgwrs.

'Mi glywais innau rhyw si amdanyn nhw,' meddai. 'Ond mae'n anodd gen i gredu y byddai'r Brodyr Llwydion o Urdd Sant Ffransis yn ysbeilio neb, er mai cardota a chrwydro ydi eu hanes nhw. Na, choelia i byth beth fel yna amdanyn nhw.'

Chwarddodd Arthur a Gruffydd Ellis wrth glywed geiriau'r porthmon, ac eglurodd gŵr y dafarn.

'Mae'n biti fod y ddau adyn wedi cael y fath enw parchus,' meddai. 'Ond nid mynachod ydyn nhw. Nage, neno'r dyn! Dydyn nhw ddim yn perthyn i urdd neb ond urdd y Gŵr Drwg. Maen nhw wedi cael yr enw am eu bod yn gwisgo mentyll a dillad llwydion a mi fyddan yn diflannu fel niwl y bore. Ond gorau po leiaf i neb sôn amdanyn nhw.'

Cododd Gruffydd Ellis ar ei draed a chychwyn i gyfeiriad y drws. Cyn ei gyrraedd, trodd i edrych ar y bachgen.

'Ble mae'r goets 'na, tybed?' meddai. 'Oeddech chi'n disgwyl rhywun efo hi, Arthur?'

'Oeddwn. Dyna pam rydw i yma,' meddai Arthur. 'Mae yna apothecari o Gaer yn dod acw i aros heno, efo'r goets. Mae ganddo gyffuriau at y gowt a wir, mae ar f'ewyrth lwyr angen rhywbeth. Mae'n eistedd a'i goes i fyny, a llathenni o rwymyn gwyn am ei droed. Mae hi'n edrych yn union fel pêl eira. Mae o mewn cryn ofid hefyd. Ond hwyrach y gwna meddyginiaeth Lewys Siaspar les . . .'

Cyn iddo orffen, torrodd Gruffydd ar ei draws yn gynhyrfus.

'Lewys Siaspar! Ydi Lewys Siaspar yn dŵad i lawr heno? Apothecari o Gaer, ie? O dyna ydi'r . . . O, wel, fel yna y mae hi . . .'

Yr oedd mor ffwdanus fel na sylwodd ar y forwyn yn rhedeg i'r ystafell nes iddi alw arno.

9

'Mae'r goets yn dŵad! Mae Dic yr ostler wedi clywed y corn a Dafydd wedi gweld golau'r lampau wrth ddŵad i lawr o'r llofft stabal. Mi fydd yma . . .'

Ni chafodd orffen, oherwydd yn sydyn, torrodd sŵn ergyd ar ddistawrwydd y nos. Am eiliad neu ddwy safodd y pedwar yn yr ystafell yn berffaith lonydd fel pe yn aros am ergyd arall. Ond ni ddaeth yr un.

'Be' oedd 'na?' sisialodd yr eneth, a braw yn ei llais.

'Wn i ddim,' meddai'r porthmon. 'Oes 'na rywun allan . . .'

'Mae rhywbeth wedi digwydd,' meddai Gruffydd Ellis yn uchel ar ei draws, gan droi i edrych ar y bachgen ifanc. Neidiodd Arthur ar ei draed gan gipio'r dryll a hongiai ar y pared.

Rhuthrodd y ddau allan i'r tywyllwch.

PENNOD 2

Y Brodyr Llwydion

Eisteddai gŵr byrdew, canol oed, wedi ei wisgo mewn dillad tywyll, o flaen y tân ym mharlwr tafarn Dinas Brân, yn Llangollen, i ddisgwyl i'r goets gyrraedd. Daethai i Langollen y noson flaenorol o Gaer ac nid dyma'r tro cyntaf iddo fod yn aros yn y gwesty.

Yr oedd buarth y dafarn yn llawn stŵr a berw a gwyddai'r gŵr na fyddai'n rhaid iddo aros yn hir cyn cael ailgychwyn ar ei daith. Clywai weryriad cynhyrfus y ceffylau yn y stablau yn cael eu paratoi ar gyfer y siwrnai a gwelai brysurdeb yn yr ystafell fwyta yn union ar ei gyfer.

Ymhen ychydig, clywai sŵn y meirch yn carlamu at y fynedfa fwaog a arweiniai i'r iard. Yr oedd y mêl o Lundain wedi cyrraedd. Fel rheol byddai'n bur lawn ar ei thaith trwy'r Amwythig a Chroes-oswallt. Yr oedd felly y diwrnod hwn er nad oedd ond tri theithiwr yn eistedd y tu allan. Yr oeddynt hwy yno, nid o ddewis, ar ddiwrnod mor oer, ond oherwydd ei bod gryn dipyn yn rhatach na theithio y tu mewn i'r cerbyd. Eisteddai dau ohonynt ar y sedd flaen wrth ochr y gyrrwr, ond dewisodd y trydydd y sedd ôl, er mwyn cael sgwrsio â'r giard. Yn ddiymdroi, tyrrodd pawb i mewn i'r dafarn i gael pryd o fwyd, gan siarad ar draws ei gilydd.

Pan ailgychwynnodd y goets yr oedd y gŵr byrdew yn un o'r teithwyr y tu mewn iddi. Er mwyn cadw ei draed yn gynnes gwthiodd hwy i mewn i'r gwair trwchus oedd ar lawr y goets a rhoddodd ei het befar wen ar ei lin am ei bod yn bygwth taro to'r goets. Gwrandawai'n freuddwyd-iol ar sgwrs ei gyd-deithwyr. Sonient am y rhyfel, am y carcharorion a gludid i'r wlad, am Boni, am y smyglwyr ac am y lladron a fyddai'n ysbeilio teithwyr y ffordd fawr.

'Mae gen i fwy o gydymdeimlad efo'r smyglwyr na'r lladron pen-ffordd 'na,' meddai un o'r teith-wyr. 'Peryglu eu bywydau eu hunain y mae'r smyglwyr, ond peryglu bywydau pobl eraill y mae lladron pen-ffordd. Glywsoch chi am y Brodyr

Llwydion sydd wrthi ar ffiniau Sir Gaernarfon—ac ym Meirion hefyd, ran hynny. Rhai peryglus ofnadwy, meddan nhw.'

'Ond y cerbydau preifat a'r marchogion sydd yn ei chael hi waethaf o lawer,' meddai ei gydymaith. 'Ac mae'r porthmyn yn eu hofni nhw am eu bywydau.'

'Sut rai ydyn nhw? Oes rhywun wedi eu gweld nhw?' holai un arall.

'Does neb wedi gweld eu hwynebau nhw, hyd y gwn i,' oedd yr ateb. 'Ond maen nhw'n dweud bod un yn dal a llydan a'r llall yn fyrrach ac eiddilach.'

'Mi fyddan yn gwneud ati i ymosod ar y porthmyn pan fydd y rheini ar eu taith yn ôl i Gymru o Loegr a'u pyrsau nhw'n llawn o aur melyn ar ôl gwerthu'r gwartheg yn y ffair,' meddai gwraig siaradus. 'Does gen i ond gobeithio nad oes porthmon efo cod drom yma,' ychwanegodd gan edrych yn dreiddgar ar ei chyd-deithwyr.

Cyn iddi gael ei bodloni, clywid corn y goets yn dechrau utganu, ac ymhen ychydig amser, carlamodd y ceffylau i fyny at westy gweddol fawr ar ochr y ffordd.

'Does bosib ein bod ni wedi cyrraedd Corwen rŵan?' meddai teithiwr gan ddechrau ymysgwyd a chasglu mân barseli at ei gilydd. 'Rydw i'n eich gadael chi yn y fan yma.'

Aeth dau neu dri i lawr yng Nghorwen ac un yn unig a ddaeth i fyny i'r goets. Geneth lygatlas oedd hon, tua dwy ar bymtheg oed, a chudynnau o wallt cyrliog, golau, yn mynnu ymwthio i'r golwg o dan gantel ei bonet lwydlas. Yr oedd yn dechrau nosi erbyn hyn a chyn ailgychwyn goleuwyd lampau'r goets nes eu bod yn taflu eu llewyrch fel dau rimyn coch ar hyd y ffordd lithrig, galed a ymestynnai yn wyn o'u blaenau yng ngolau'r lleuad newydd.

'Mae'n rhewi'n galed,' meddai un o'r teithwyr. Ond nid oedd gan neb fawr o awydd sgwrsio erbyn hyn. Teimlent yn gysglyd ryfeddol. Yr oedd ffenestri'r goets wedi eu cau yn dynn a'r awyrgylch yn glòs a phoeth. Pendwmpiai rhai o'r teithwyr nes i'r cerbyd roi ysgytwad egr iddynt wrth iddynt ddisgyn i bant ar y ffordd dolciog. Nid oedd modd cael gafael mewn cwsg wrth deithio ffyrdd caregog y wlad.

Yr oedd yn noson dawel a chysgodion y nos wedi cuddio llwydrew Tachwedd oddi ar wyneb y tir. Dechreuodd y sêr ddod i'r golwg fel talpiau o wydrau gloywon mewn awyr ddulas ac ymhen amser, safodd y goets eto wrth westy mewn pant wrth droed y mynydd. Daeth dau o wŷr graenus eu golwg i fyny ac ailgychwynnodd y ceffylau a'u pedolau dur yn gwreichioni ar y ffordd.

Ymhen hir a hwyr clywent sŵn tonnau yn trochioni yn erbyn creigiau a thorrwyd ar ddistawrwydd y nos gan chwyth corn y giard a eisteddai ar sedd ôl y goets.

'Diolch byth! Dyna ni bron â chyrraedd Tafarn y Ddraig o'r diwedd,' meddai un o'r teithwyr.

'Dyma finnau felly wedi cyrraedd pen fy nhaith,' meddai'r gŵr byrdew a chododd ei het befar wen oddi ar lawr.

'A finnau hefyd,' meddai'r eneth, gan ddechrau casglu ei phethau at ei gilydd.

Ond y munud nesaf, dyma ergyd yn diasbedain yn eu clustiau a llais awdurdodol yn gorchymyn i'r goets sefyll. Am ychydig, doedd dim i'w glywed ond gweiddi a sgrechian y teithwyr mwyaf ofnus a rhegfeydd rhai o'r lleill yn gymysg â gweryru'r ceffylau wrth i'w pedolau lithro fel y ceisiai'r gyrrwr atal eu rhuthr wyllt. Yna, gan siglo fel cwch mewn storm, arafodd y cerbyd a sefyll.

Neidiodd y teithwyr ar ben y goets i lawr mewn dychryn ac ymbalfalodd y giard am y gwn a gadwai yn y gist arfau wrth ei sedd. Ond yr oedd y gist yn wag.

Yng ngolau'r lleuad gwelai'r eneth farchog a'i wyneb wedi ei guddio gan fwgwd o felfed llwyd. Na, yr oedd dau ohonynt, un yn sefyll, a'r llall yn disgyn oddi ar ei farch. Daliai'r ddau bistolau yn eu dwylo ac yr oedd cleddyf pigfain wrth wregys y talaf a'r mwyaf cydnerth o'r ddau. Ni freuddwyd-iodd giard cynhyrfus y goets mai'r llall, y byrraf a'r eiddilaf, oedd ei gydymaith am y rhan olaf o'r daith a bod dryll y gist arfau yn gorwedd mewn ffos wedi ei daflu yno ganddo hanner awr ynghynt.

'Y dihirod digywilydd!' gwaeddodd rhywun, 'Y cnafon drwg, yn beiddio gwneud peth fel hyn, a hynny mor agos i'r pentre. O'r arswyd!'

Gwaeddai pawb ar draws ei gilydd, ond i ddim pwrpas. Yr oeddynt wedi eu dal, ac ar drugaredd y ddau leidr. Nid oedd ganddynt ddewis ond ymdaw-elu a chodi eu dwylo uwch eu pennau yn ufudd gan wylio'r lleiaf o'r ddau yn eu hysbeilio yn gyflym a deheuig. Yr oedd y llall yn dal i gadw llygad arnynt gan siarad yn ddoniol a chellweirus yr un pryd.

Ond yr oedd y pistol yn ei law wedi ei anelu yn ddiysgog i'w cyfeiriad trwy gydol yr amser.

Y Brodyr Llwydion, heb os nac oni bai!

Edrychodd yr eneth yn gynhyrfus o'i chwmpas. Ar un ochr i'r ffordd yr oedd ffos ddofn a disgleir-iai golau'r rhimyn lleuad ar res wen ar ei gwaelod. Dŵr!

Trodd ei chefn yn bwyllog at y ffos gan symud ychydig yn nes at y teithiwr a safai wrth ei hochr fel bod ei braich dde hi yng nghysgod ei fraich chwith ef. Yn araf, tynnodd ei braich i lawr gan ddal ei gwynt a chadw ei llygaid ar amlinell y lleidr tal o'i blaen. Na, nid oedd wedi sylwi. Nid oedd yn hawdd iddo gadw llygad ar bawb. Gydag ochenaid o ryddhad plannodd ei llaw i ddyfnder ei phoced ac yn ofalus, tynnodd flwch allan. A'i chalon yn ei gwddf, taflodd ef, heb droi ei phen, i'r ffos y tu ôl iddi.

Clywodd pawb y glec. Yr oedd dŵr y ffos wedi rhewi!

Chwarddodd y lleidr cydnerth yn wawdlyd a goll-yngodd ergyd arall nes bod y lle yn diasbedain. Am funud, meddyliodd yr eneth fod ei diwedd wedi dod. Dechreuodd rhai o'r teithwyr weiddi yn eu hofn ac ailgynhyrfodd y ceffylau gan fygwth rhusio drachefn.

'Oni bai mai geneth ydach chi, mi fyddwn wedi eich lladd chwi rŵan am fod yn anufudd i'r Brodyr Llwydion,' meddai'r ysbeiliwr wrthi'n chwyrn. 'Saethu dros eich pen chi wnes i y tro yma. Taflu eich trysorau i'r ffos, ie? Dyna rywbeth gwerth ei gael, yn siŵr!'

Plygodd yr eiddilaf o'r ddau a chodi'r blwch. Petrusodd am eiliad, a'i lygaid arno. Yna gwthiodd ef at weddill yr ysbail.

Yn sydyn, clywid sŵn traed trymion yn rhedeg i'w cyfeiriad. Fel fflach, neidiodd y ddau leidr ar gefn y march a oedd wedi sefyll yn amyneddgar gerllaw trwy gydol yr helynt. Mewn amrantiad yr oeddynt wedi diflannu fel drychiolaethau i'r tywyllwch. Y munud hwnnw, cyrhaeddodd Arthur y fan gyda dau o weision y dafarn yn ei ddilyn a Gruffydd Ellis yn dynn wrth eu sodlau.

Gollyngodd Arthur ergyd i gyfeiriad y fan y diflannodd y march, ond gwyddai mai gwaith ofer ydoedd.

'Waeth i ti heb, 'machgen i,' meddai Gruffydd Ellis, â'i wynt yn ei ddwrn. 'Mae o wedi mynd.'

'Dau!' gwaeddodd rhywun. 'Roedd 'na ddau ohonyn nhw!'

Erbyn hyn yr oedd pawb yn siarad am y gorau—pawb ond Arthur a'r eneth a ddaethai i fyny yng Nghorwen. Edrychai hi yn drist ac anobeithiol a'r dagrau yn llenwi ei llygaid. Yr oedd wedi ei syfrdanu. Gafaelodd Arthur yn dyner yn ei braich a'i harwain fel un mewn breuddwyd i gyfeiriad goleuadau cynnes Tafarn y Ddraig.

PENNOD 3

Yr *Arabella Ann*

Eisteddai'r teithwyr o gwmpas y bwrdd yn ystafell
fwyta Tafarn y Ddraig, a phawb yn siarad ar draws
ei gilydd am eu colledion ac am ehofndra'r Brodyr
Llwydion, yn meiddio dod mor agos i bentref i
wneud eu drygioni. Beth, tybed, oedd wedi digwydd
i'r gwn a fyddai bob amser yng nghist arfau'r
goets? Cytunent yn unfrydol mai cywilydd o beth
ar ran y llywodraeth oedd eu llacrwydd ynglŷn â
diogelwch teithwyr ar y ffordd fawr. Dylasai'r
Brodyr Llwydion, yn anad neb, fod wedi eu rhoi yn
y ddalfa ymhell cyn hyn. Dyna'r wlad benbwy-
gilydd yn dryfrith o grocbrenni ar y croesffyrdd, ac i
beth, meddai rhywun, os oedd lladron pen-ffordd yn
cael eu traed yn rhydd i wneud yr hyn a fynnent,
hyd yn oed yng nghyffiniau'r trefi a'r pentrefi.
　　Eisteddai Arthur wrth ymyl y gŵr het befar wen.
Yr oedd wedi darganfod ers meityn mai hwn oedd
Lewys Siaspar, yr apothecari o Gaer y disgwyliai ei
ewythr i'r Faenor. Buasent wedi cyrraedd yno
bellach oni bai i Gruffydd Ellis gymell y gŵr diarth
yn daer i gymryd pryd o fwyd cyn cychwyn er mwyn
dod ato'i hun dipyn.
　　Gwrandawai Arthur ar y siarad a'r beio tra oedd
y teithwyr yn cymharu eu colledion. Yn rhyfedd
iawn, nid oedd y lladron wedi bygwth cymryd dim
oddi ar y rhai a deithiai yn yr oerni y tu allan i'r
cerbyd. Eisteddai'r rheini i gyd, ac eithrio un, wrth
y bwrdd. Holodd rhywun ble'r oedd hwnnw.

'Un clên ofnadwy,' meddai'r giard. 'Mae'n siŵr ei fod o wedi dychryn ac wedi ffoi am ei fywyd i rywle, druan ohono.'

Lled dybiai Arthur fod un neu ddau o'r teithwyr nad oedd eu colledion yn fawr yn teimlo'n ymffrostgar am fod yr anffawd wedi digwydd i'r goets a hwythau yn deithwyr arni. Byddai'r digwyddiad yn destun siarad iddynt ar lawer hirnos gaeaf a dychmygent eu hunain yn fath o arwyr oherwydd eu bod wedi dianc yn ddianaf o'r fath berygl.

Ond nid felly y teimlai'r rhai a oedd a'u pocedi trymion wedi eu gwacáu gan y ddau ddihiryn, ac yn sicr nid felly y teimlai Gwen, yr eneth felynwallt a ddaeth ar y goets yng Nghorwen. Eisteddai ar ei phen ei hun yn ddigalon a phenisel. Yr oedd wedi gwrthod pryd o fwyd. Credai y byddai bwyd yn ei thagu, ac yr oedd bron â drysu wrth feddwl am yr hyn a ddigwyddodd. Yr oedd arni flys codi a cherdded i ben ei siwrnai, ond ni wyddai yn iawn pa ffordd i fynd. Byddai'r goets yn ailgychwyn gyda hyn, a byddai'r ystafell yn gwagio. Câi hithau hamdden wedyn i holi'r ffordd, a hwyrach y deuai rhywun i'w danfon.

Arthur a'r apothecari o Gaer oedd y rhai cyntaf i godi oddi wrth y bwrdd, ac ar ei ffordd allan, sibrydodd y bachgen air o gysur a chalondid yng nghlust Gwen. Ond ni chymerodd neb arall y sylw lleiaf ohoni.

Erbyn hyn yr oedd yr hanes wedi ymdaenu o dŷ i dŷ a rhai merched, a siôl dros eu pennau, wedi casglu at ddrws cefn y dafarn i holi am fanylion. Yr oedd rhai ohonynt wedi tyrru o dan ffenestr yr

18

ystafell fwyta yn ffrynt y dafarn, ond er nad oedd y llenni wedi eu tynnu, ni welent ddim gan fod haen o ager yn gorchuddio'r gwydr o'r tu mewn.

Y Brodyr Llwydion oedd testun y sgwrs gan fach a mawr. Y Brodyr Llwydion wedi beiddio dod i gyffiniau'r pentref, bron at riniog eu drysau. Yr argian fawr! Doedd bywyd neb yn ddiogel, hyd yn oed yn eu tai, nac oedd wir! Byddai pob drws ar glo a bar ar ei draws o hyn ymlaen, doed a ddelo!

Ymhen ychydig ar ôl i Arthur a'i westai, yr apothecari, adael y dafarn, daeth pwt o wraig writgoch i mewn i'r ystafell yn gynhyrfus.

'Oes 'ma eneth am y Dryslwyn acw?' gofynnodd. Neidiodd Gwen ar ei thraed mewn eiliad.

'Margiad!' meddai. 'O, Margiad bach! Glywsoch chi be' ddigwyddodd?'

'Tyrd adra efo mi, 'ngeneth i,' meddai'r hen wraig. 'Mi gei ddeud yr hanes i gyd wrth dy chwaer a minnau. Gollaist ti rywbeth?'

'Do. O do,' sibrydodd yr eneth, a'i llygaid yn llawn dagrau. 'Mi gollais y cwbl!'

'Y nefoedd fawr!' meddai'r hen wraig. 'Wn i ddim beth ddyfyd Lowri. Duw a'n helpo!'

Tawodd y siarad am funud, ac ar ôl i'r ddwy fynd allan gofynnodd un o'r teithwyr i Gruffydd Ellis pwy oedd yr eneth.

'Wn i ar y ddaear fawr,' meddai yntau. 'Welais i erioed mohoni o'r blaen, ond mae'n siŵr gen i, yn ôl sgwrs yr hen wraig, ei bod hi'n chwaer i wraig ifanc y Dryslwyn. Ond welais i 'rioed ddwy chwaer mor annhebyg yn fy mywyd.'

Nid oedd y Dryslwyn ond enw dieithr i'r teith-wyr, a chollodd pawb ddiddordeb yn yr eneth rhag blaen. Aethant ymlaen i drin a thrafod pethau pwysicach o lawer, a sôn a siarad am eu helbulon a'u colledion y buont hyd nes daeth yn amser i'r goets ailgychwyn. Yr oedd ar rai ohonynt awydd aros dros nos yn Nhafarn y Ddraig, ond dau yn unig a wnaeth hynny yn y diwedd. Penderfynodd y gweddill mai'r peth doethaf oedd mynd ymlaen drwy'r nos, doed a ddelo, gan eu bod yn credu fod pob perygl drosodd.

Ar ôl cloi a bario'r drws, aeth Gruffydd Ellis i'r gegin, lle y teyrnasai ei wraig fel brenhines. Ni ddeuai Catrin Ellis byth i olwg y teithwyr, ond treiddiai ei dylanwad i bob cwr o'r tŷ. Anfynych y gwelid hi yn unman ond yng nghegin Tafarn y Ddraig, a'i llewys wedi eu torchi, yn paratoi rhyw fwyd neu'i gilydd, byth a beunydd. Ond yr oedd ei dylanwad ar bawb a phopeth yn ddiarhebol, a'i gair fel deddf. Dechreuodd holi ei gŵr ar unwaith.

'Gruffydd, be' gollodd yr eneth fach dlos 'na oedd yn mynd i'r Dryslwyn?'

'Wn i ar y ddaear,' meddai yntau. 'Roedd hi'n hynod o dawedog, ond mi fuaset yn meddwl ei fod yn fater bywyd wrth glywed Margiad Huws yn siarad.'

'Hawyr bach! Mae digon o drybini wedi bod yn y Dryslwyn yn barod, dyn a ŵyr!' meddai'r wraig. 'Peth difrifol ydi bod dyn wedi ei gondemnio i farwolaeth gan gyfraith gwlad a phris wedi ei osod ar ei ben. Mae o ar yr un tir yn union ag anifail gwyllt, ac yntau, druan bach, yn ddim ond dyn ifanc yn dechrau byw.'

'Mae mwy o biti gen i dros ei wraig o,' meddai Gruffydd Ellis yn sychlyd. 'Mae honno yn dioddef ac heb wneud dim i haeddu hynny. Doedd gan y dyn ddim busnes i ymyrryd mewn materion gwleid-yddol o gwbl. Ond fel yna y mae'r bobol fawr yna, rhaid iddyn nhw gael eu bysedd ym mrwes pawb a phopeth. Catrin, be' ydi'r gair am yr hyn wnaeth Richard Wynne, y Dryslwyn, dywed? Mi wn, wrth gwrs, pam y condemniwyd o i farwolaeth, ond fedra i yn fy myw gofio'r gair.'

'Teyrnfradwriaeth,' atebodd ei wraig yn swta.

'Ie, dyna fo,' meddai Gruffydd Ellis, gan dynnu'n galed yn ei bibell glai, 'A doedd y pechod fawr o beth, ar yr wyneb, beth bynnag, er yr enw mawr sydd arno fo. Dim ond helpu un o'r Ffrancwyr i ddianc o'r carchar, lle maen nhw'n marw fel pryfed, a chael gafael ar gwch iddo groesi drosodd i'w wlad ei hun. Yn eno'r tad, tosturi ydi peth fel yna, nid teyrn . . . be' di'r gair?'

'Paid â chyboli, Gruffydd,' meddai ei wraig yn ddiamynedd. 'Nid creadur diniwed fel ti a dy debyg oedd y Ffrancwr, ond cyfaill Boni ei hun, a phwy a ŵyr faint o ddrwg i'r rhyfel wna dyn felly? Ond tae waeth am hynny, mae'n biti garw dros wraig ifanc Richard Wynne. Wnaeth Lowri druan ddim drwg, a hi sy'n gorfod dioddef.'

'Eitha' gwir,' meddai Gruffydd Ellis, 'Ond cofia di, Catrin, mae amryw yn darogan nad ydi'r gŵr ifanc ddim yn rhyw bell iawn o'r lle, er bod yr awdurdodau â'u llygaid yn agored ac wedi chwilio pob twll a chornel o'r tŷ. Ond wyt ti ddim yn rhyfeddu at feiddgarwch y lladron 'na? Meddylia eu bod nhw mor agos aton ni!'

'Dydw i'n synnu at ddim y dyddiau yma,' oedd ateb y wraig, 'a phaid â dechrau sgwrs amdanyn nhw, da chdi! Rydw i wedi clywed digon gan y teithwyr 'na i bara am fy oes. Er imi gau drws y gegin, roedd rhywun yn mynnu ei agor o byth a beunydd, a doedd dim i'w glywed ond y Brodyr Llwydion, y Brodyr Llwydion, nes fy myddaru i. Meddwl ydw i be' gollodd yr eneth fach 'na, a sut yn y byd y buasai hi'n cael hyd i'r Dryslwyn petai Margiad Huws heb ddigwydd dod i lawr heno.'

'Fuaswn i ddim yn cymryd y byd yn grwn â mynd yn agos i'r Dryslwyn yn y nos,' sylwodd un o'r morynion a oedd wedi sefyll i wrando'n astud ar y sgwrs heb i lygaid craff Catrin Ellis sylw arni. 'Mi fedrwch gerdded am ddiwrnod cyfa' yn y drysni, meddan nhw, a wedyn dod yn ôl i'r un fan heb ddod o hyd i'r tŷ.'

'Pwy ddaru ofyn am dy farn di ar y mater, ys gwn i?' meddai ei meistres gan droi arni'n chwyrn. 'Mae'r genethod eraill wedi mynd i'r gwely a dos dithau yno cyn gynted ag y medri di.'

Cyn i'r eneth ateb, clywyd chwibaniad isel o dan ffenestr y gegin. Rhoddodd yr eneth waedd o ddychryn a rhedodd o'r ystafell a'i ffedog dros ei phen. Edrychodd Gruffydd Ellis a'i wraig ar ei gilydd.

'Yr *Arabella Ann*,' sibrydodd y gŵr. 'Rhaid i mi fynd, wel'di. Roeddwn i wedi amau mai fel hyn y byddai pethau heno pan ddaru Arthur Llywelyn lithro dweud bod yr Ustus wedi gwadd gwŷr y gyllid i'r Faenor i swper. Mi elli fentro y bydd yno fwyta a diota'n braf dan berfeddion nos. Wel, fel yna mae hi. Wnes i ddweud wrthyt ti fod Lewys Siaspar ar y goets heno? Naddo? Dos i dy wely, Catrin, a phaid â chloi drws y gegin bach. Does wybod yn y byd pryd y dof yn ôl.'

Rhoddodd Gruffydd Ellis gôt oel drom amdano, ac aeth allan i'r tywyllwch.

Lowri a Gwen

Tŷ mawr, cadarn, wedi ei orchuddio â thoreth o eiddew oedd y Dryslwyn. Yr oedd yr enw yn gweddu iddo i'r dim gan fod llwybrau di-ri yn arwain ato drwy ddrysni o dyfiant a amgylchid gan furiau llydain. Gallai dieithryn grwydro yno am oriau a dod yn ôl i'r union fan lle y cychwynnodd, heb fod yn agos at y tŷ. Yma y trigai Lowri Wynne a'i geneth fach bedair oed, heb neb yn agos atynt ond Eban, yr hen arddwr penwyn, gwargam a Margiad Huws a oedd wedi bod yn famaeth i Lowri a'i chwaer fach, Gwen, pan oeddynt yn blant amddifaid yn byw efo'u modryb ym Mhlas Corwen.

Pan briododd Lowri â Richard Wynne o Gastell Maredydd yn Sir Ddinbych, bu bron i Gwen â thorri ei chalon ar ôl ei chwaer fawr. Ond yr oedd gwaeth i ddilyn. Yr oedd Richard Wynne wedi treulio rhan o'i oes yn Ffrainc ac yr oedd ganddo gyfeillion mynwesol yn y wlad honno. Cynorthwyodd un o'r rheini, carcharor rhyfel yn Lloegr, i ddianc i'w wlad ei hun. Am hynny, cyhuddwyd ef o fod yn fradwr ond cyn ei gymryd i'r ddalfa, llwyddodd i ddianc. Cyhoeddwyd ef yn herwr a chynigid gwobr i bwy bynnag a'i dygai, yn fyw neu yn farw, i afael yr awdurdodau.

Atafaelwyd ei eiddo yng Nghastell Maredydd i gyd. Daeth Lowri, ei wraig ifanc a'i geneth fach, Nia, i'r Dryslwyn, tŷ a berthynai i'w gŵr, yn Sir Gaernarfon. Yma yr oedd yn ddigon pell o'r ystâd a oedd yn awr ym meddiant y llywodraeth. Dilynwyd hi gan Margiad Huws, ei hen famaeth.

'Mi wnaiff Eban a finnau edrych ar dy ôl di, 'ngeneth i. Does eisio neb arall ar gyfyl y lle,' meddai Margiad, ac yn wir, yr oedd Eban a Margiad wedi medru trawsnewid yr hen dŷ a fu'n wag am flynyddoedd yn gartref clyd i Lowri Wynne a Nia.

Yr oedd calon Gwen yn trymhau fel y dilynai Margiad Huws ar hyd llwybrau cul, igam-ogam y drysni a gwyddai na fyddai byth wedi dod o hyd i'r tŷ oni bai fod Margiad yno i'w harwain.

'Ond doedd hi'n drugaredd imi ddigwydd bod i lawr yn y pentra pan ddaeth y goets,' meddai Margiad. 'Doedden ni ddim yn dy ddisgwyl di heddiw. Mi fydd Lowri wedi synnu dy weld!'

'Be' wnaeth i chi ddŵad i'r dafarn i holi amdana i?' holodd Gwen, 'a chithau ddim yn fy nisgwyl i?'

'Y newydd am y lladron oedd wedi mynd ar hyd ac ar led fel tân gwyllt,' meddai Margiad, 'ac roedd 'na ddisgrifiad manwl o'r bobl oedd yn y goets. Roedd tyrfa wrth efail Huw Morus fel bob amser pan fydd yn ddiwrnod pedoli ychen—er bod y pedoli drosodd ers oriau—a dyna oedd y sgwrs gan y gyrwyr, y porthmyn a'r dynion o gwmpas y lle. Roedd yna un porthmon cefnog iawn yn y goets, meddan nhw, ac mi gafodd o golled go fawr. Ond ychydig iawn o gydymdeimlad a gâi gan y porthmyn eraill tua'r efail, am ei fod o'n dipyn o gribddeiliwr; a dyma un ohonyn nhw yn dechrau sôn am eneth a chanddi wallt cyrliog a dau lygad glas wedi dod i'r goets yng Nghorwen, a chyn iddo orffen beth bynnag oedd ganddo i'w ddweud, ffwrdd â fi am Dafarn y Ddraig am fy mywyd.'

'Lwc i chi ddŵad, Margiad,' meddai Gwen. 'Fuaswn i byth wedi medru cael hyd i'r tŷ yma heb i rywun fy arwain.'

'Na neb arall chwaith, yn siŵr i ti,' oedd ateb Margiad.

Wedi cyrraedd y tŷ, yr oedd y ddwy chwaer ym mreichiau ei gilydd ac, am funud, anghofiodd Gwen ei gofid yn ei llawenydd o fod efo Lowri unwaith eto. Ni fu erioed fwy o wahaniaeth mewn natur nac mewn ymddangosiad. Geneth wylaidd a dwys, bryd golau, oedd Gwen, ond gwallt du fel y frân oedd gan Lowri a dau lygad du yn fflachio mellt pan fyddai wedi ei chynhyrfu. Byddai Lowri yn arfer bod yn 'dwrw mawr' chwedl eu modryb, ac nid oedd arni ofn neb na dim. Yr oedd Gwen yn hanner addoli ei chwaer.

'O, rydw i'n falch o dy weld di, Gwenno fach,' meddai Lowri. 'Ond doeddwn i ddim yn dy ddisgwyl di yr wythnos yma. Aros i mi gael sbio arnat ti'n iawn,' meddai wedyn gan ddal ei chwaer hyd braich oddi wrthi. 'Wnei di aros am dipyn yn y lle diffaith 'ma wedi iti ddŵad?'

'Mae'n debyg na fydd arnat ti eisio i mi aros pan glywi di'r hyn sy' gen i i'w ddweud,' meddai Gwen gan weddïo am nerth i dorri'r newydd. Yr oedd ei hwyneb wedi gwelwi a rhyw lwmp wedi dod i'w gwddf. Ond ymdrechodd i fynd ymlaen.

'Gwrando, Lowri,' meddai, a'i geiriau yn ei thagu. 'Pan ofynnais i Modryb am y freichled, mi cefais i hi ar unwaith.'

'Ie, ie,' meddai Lowri'n awyddus. 'Mae hi o werth mawr iawn i mi ar hyn o bryd. Faswn i byth wedi gofyn amdani oni bai i mi gael ar ddeall fod modd prynu pardwn gan y brenin os bydd y pris yn ddigon uchel. Weli di, Gwen? Prynu pardwn Richard! Ychydig amser yn ôl, fyddai'r peth ddim yn bosibl. Ond erbyn hyn, mae'r rhyfeloedd yma yn costio cymaint nes bod y peth nid yn unig yn bosibl, ond yn sicr! Mae'r pris yn aruthrol, cofia, ond meddylia . . .'

'Aros, O aros am funud!' crefai Gwen, gan dorri ar draws y llif geiriau. 'O, rwyt ti'n ei gwneud yn anodd i mi ddeud wrthyt ti! O, sut y medra i ddeud! Do, mi roddodd Modryb y freichled saffir i mi o ewyllys calon, ond—O, paid ag edrych arna i fel yna, Lowri—mi ddaeth dau leidr pen-ffordd ar ôl y goets—dau leidr, Lowri,—y Brodyr Llwydion—O, Lowri, sut y medra i ddeud?'

26

'Be'? Deud be'?' meddai Lowri â min ar ei llais. 'Y freichled, Gwen, y freichled saffir? Lle mae'r freichled sydd i fod yn rhan o'r pris i brynu ei bardwn! Y freichled, eneth! Y freichled!'

'Mae'r Brodyr Llwydion wedi ei dwyn! Mae'r lladron wedi ei chipio!' meddai Gwen, a'r holl ing a deimlai i'w glywed yn ei llais. 'O, Lowri, Lowri, fedri di byth faddau i mi?'

Yr oedd Lowri wedi ymollwng ar gadair esmwyth a'i hwyneb wedi ei gladdu yn y glustog. Ysgydwid ei chorff gan rym ei theimladau a disgynnodd Gwen ar ei gliniau o'i blaen, brôn â chael ei llethu gan ei gofid.

'Paid, O, paid â thorri dy galon fel yna, Lowri bach,' crefai. 'Paid â chrio, Lowri. Mi fyddaf yn siŵr o gael rhywbeth gwerthfawr eto gan Modryb i wneud iawn am y golled. Rwyt ti'n torri 'nghalon innau wrth grio fel yna, Lowri.'

Cododd Lowri ei phen yn sydyn, ac edrychodd Gwen arni mewn syndod mud.

Nid crio yr oedd Lowri, ond chwerthin! Chwerthin yn galonnog a dilywodraeth!

PENNOD 5

Tafarn y Cei

Yr oedd yn noson dywyll a thawel a'r rhimyn lleuad wedi mynd o'r golwg ers meityn pan aeth Gruffydd Ellis o'r tŷ a'i gôt oel amdano. Sleifiodd trwy'r llwyn coed a dyfai yng nghefn y tŷ a chroesodd fawnog a gwaun nes cyrraedd pen yr allt. Safodd am funud i graffu allan i'r môr, ond nid oedd dim i'w weld na sŵn i'w glywed ond baldordd y dŵr wrth ddisgyn i lawr y dibyn serth, a rhu'r tonnau yn ymddryllio'n ewyn yn erbyn y creigiau.

Cerddodd trwy'r byrwellt ar hyd ymyl y dibyn nes cyrraedd agorfa yn y creigiau, ac aeth ar y goriwaered trwy hafn ddofn wedi ei naddu yn y graig.

Roedd yn llwybr troellog, a hawdd gweld nad dyma'r tro cyntaf i Gruffydd Ellis ei ddefnyddio. Yr oedd yn amlwg ei fod yn hen gynefin â'r agorfa. Wrth edrych yn ôl o ben y llwybr, gwelai olau yn un o ffenestri talcen Tafarn y Ddraig a gwyddai fod Catrin Ellis yn mynd i'w gwely. Ond gwyddai hefyd y daliai'r golau i losgi hyd oriau mân y bore.

Codai creigiau danheddog eu pennau o bobtu iddo. Ond pan ddeuai at fwlch rhyngddynt, safai i graffu allan i'r môr ac unwaith gwelodd olau gwelwlas yn fflachio yn y tywyllwch.

Wedi cyrraedd y gwaelod, cerddodd am ryw ganllath ar hyd y gwaelod nes dyfod at Dafarn y Cei. Yr oedd popeth yn y fan honno mor dawel â'r bedd. Ond yr oedd golau coch mewn un ffenestr uchel o dan y bondo. Agorodd y drws a daeth sŵn siarad a chwerthin i'w glustiau. Aeth ar ei union i ystafell lle'r eisteddai tua dwsin, fwy neu lai, o ddynion, yn aros pen llanw. Yr oedd gorchudd ar y ffenestr fel na welai neb beth oedd yn mynd ymlaen y tu mewn.

Mewn cadair freichiau eisteddai gŵr urddasol yr olwg, ac yr oedd yn amlwg mai ef oedd yr arweinydd.

'Wel, ddaethoch chi, Gruffydd Ellis?' cyfarchodd gŵr y gadair freichiau ef. 'Dweud yr oeddwn i wrth y criw yma fy mod i, lai na hanner awr yn ôl, yn gorwedd yn fy mharlwr, a 'nghoes ar ei hyd, yn methu godde rhoi fy nhroed ar lawr! Ha, ha, ha! Pe gwelech chi'r llathenni o rwymau oedd am 'y nhroed i, a minnau'n griddfan yn awr ac yn y man wrth chwarae disiau gyda gwŷr y gyllid. Mae acw swper ardderchog heno, a digon o win Gasgwyn a medd i dorri syched unrhyw un. Ond yn wir i chi, ar ganol y chwarae, mi aeth 'y nhroed i mor boenus fel y bu'n rhaid i mi roi'r gorau iddi, ac esgusodi fy hun i'r cwmni diddan er mwyn mynd i'r gwely. Ac wrth gwrs, yno yr ydw i ar hyn o bryd!'

Chwarddodd pawb dros y lle a hawdd oedd gweld bod y cwmni i gyd yn gydradd yn yr ystafell, yn ustus, gwehydd, tafarnwr, cwympwr, gof, saneuwr a chowper.

'Ond be' pe baen nhw'n eich dilyn chi i'r fan yma?' meddai Gruffydd Ellis. 'Oedd hi'n sâff i chi eu gadael nhw eu hunain yn y Faenor? Fel arfer, pan fyddwn ni'n rhedeg cargo, mi fyddwch chi'n aros yno efo nhw i weld na ddeuan nhw ar ein trywydd.'

'Dim peryg y buaswn i'n eu gadael nhw ar eu pennau eu hunain,' meddai'r Ustus. 'Mae Lewys Siaspar yno i'w ddiddori ac i gyd-wledda ac wrth gwrs, Arthur, fy nai.'

'Lewys Siaspar!' meddai amryw o'r cwmni. 'Ydi Lewys Siaspar i lawr?'

'Ydi,' meddai'r Ustus Llywelyn. 'Mae Lewys Siaspar, pennaeth holl smyglwyr Cymru, i lawr. Y carn-smyglwr ei hun! A dyma sy'n ddigri. Mae pawb, hyd yn oed Arthur, yn credu mai apothecari o Gaer wedi dod yn un swydd i dreio mendio fy ngowt i ydi o. Gowt, wir! Wn i ddim be' wnaeth i mi feddwl am Gaer, mwy na rhyw dref arall. Mae'n fwy na thebyg na fu Siaspar erioed â'i droed yn y lle. Na, gŵr y glannau ydi Lewys Siaspar. Mae o wedi dŵad i lawr, wrth gwrs, ynglŷn â'r llwyth yma, ac i roi pris arno fo. Os bydd y pris yn iawn mi fydd yr *Arabella Ann* yn dŵad â'r un math o gargo eto o San Malo ac yn ei redeg i mewn i Aberdaugleddau lle mae criw Siaspar yn gweithio.'

'Rydach chi'n un garw, Ustus, ydach wir!' meddai un o'r cwmni yn edmygol. 'Ond be' mae Arthur yn feddwl o'r busnes? Ydi o am ymuno efo ni?'

'Nac ydi,' meddai'r Ustus yn bendant. 'Ŵyr o ddim byd am y peth, hyd y gwn i. Fuasai bachgen sy'n astudio'r gyfraith yn Rhydychen byth yn cytuno â thorri'r gyfraith yn ei gartre ei hun.'

'Er bod ei ewythr, a hwnnw'n Ustus, yn gwneud

hynny,' meddai Gruffydd Ellis yn slei. Ac ail-
ddechreuodd pawb chwerthin.

'Mae'r busnes yn 'y ngwaed i, fechgyn,' meddai'r
Ustus, gan godi ar ei draed.

Gwyddai'r criw ei bod yn ben llanw a bod gwaith y
nos ar fin dechrau. Aeth pawb allan i'r traeth a
gwelent fod y llanw uchel bron â chyrraedd y mur
cadarn a amddiffynnai'r clwt o ardd a oedd o flaen
Tafarn y Cei.

Yr oedd tawelwch y nos yn llethol, ac edrychai'r
awyr a'r môr fel llyn gwyn, tarthog yn y mwrllwch.
Rhedodd un o'r gwŷr yn ei ôl i dynnu'r llenni oddi
ar ffenestr y dafarn er mwyn taflu mymryn o olau
ar y traeth ac yn y man torrwyd ar undonedd y
tonnau gan sŵn rhywun yn rhwyfo cwch yn gyflym
tua'r lan. Rhuthrodd dau o'r criw i'r dŵr i'w
gyfarfod a dechreuwyd o ddifrif ar y gwaith o redeg
y cargo i mewn.

Rowliwyd casgenni a barilau trwy ddrws Tafarn
y Cei, a diflanasant mewn amrantiad ar hyd llwybr
cul a llaith a arweiniai o gefn y tŷ i gell weddol eang
ym mhellteroedd y clogwyn. Agorai llwybrau o'r
gell a chrogai lantern wrth fach a saernïwyd yng
nghraig y nenfwd. Yma y trefnwyd ac y gosodwyd
llwyth di-doll yr *Arabella Ann* yn drefnus gan y
criw.

Erbyn hyn yr oedd y llong ei hun yn hwylio'n braf
trwy'r myllni ar ei ffordd i fae Caernarfon gyda
llwyth llawer ysgafnach erbyn hyn, sef calch at
bwrpas digon cyfreithlon yn y dref honno.

Ar ôl twtio a threfnu'r nwyddau yn y gell dan-
ddaearol yr oedd y dynion wedi blino'n lân ac yr

31

oedd pob un ohonynt yn falch o weld y bwrdd wedi ei hulio â bwyd blasus Malen, yr hen wraig esgyrnog a ofalai am Dafarn y Cei. Disgleiriai goleuni'r ddwy lusern a grogai wrth y trawstiau myglyd ar y gwlybaniaeth ar eu cotiau oel fel yr hongient hwy ar fachau wrth y drws. Yna eisteddodd pob un yn hapus, luddedig gan wylio'r hen wraig yn cario cig a gwin a medd i'r bwrdd heb yngan gair wrth yr un ohonynt.

Fel y bwytaent, siaradent bymtheg yn y dwsin am waith y nos, a chanmolent y llwyth.

'Do, mi aeth popeth yn hwylus . . .' dechreuodd yr Ustus yn hynaws.

Ond fferrodd y geiriau ar ei wefusau. Gwelwodd ei wyneb, a syllodd i'r ffenestr, a oedd yn awr heb orchudd, fel dyn wedi ei barlysu. Yr un foment rhoddodd Malen, yr hen wraig, a fu'n dawel hyd yn hyn, waedd o ddychryn.

'Un o'r Brodyr Llwydion!' gwaeddodd ar uchaf ei meinllais. 'Y ffenast! Y ffenast! Mae o yna'r funud 'ma!'

Rhuthrodd y gwŷr allan driphlith draphlith. Ond ni welsant ddim ond ewyn y don yn torri'n glaerwyn ar y draethell, ac nid oedd siw na miw i'w glywed yn unman, dim ond rhu dwfn y tonnau yn dygyfor yn yr ogofâu.

Yr oedd y Brodyr Llwydion wedi diflannu.

PENNOD 6

Ar Goll

Noson Calan Gaeaf oedd hi ac yr oedd Gwen wedi mynd i'r pentref i weld y miri a'r coelcerthi. Yr oedd sŵn y chwerthin a'r stŵr yn diasbedain o graig i graig ac o glogwyn i glogwyn tra esgynnai fflamau'r coelcerthi i'r awyr nes goleuo gwyll y fro, a hongiai mwg yr eithin llosg yn yr awel fain.

Gwibiai ei meddwl at nosweithiau Calan Gaeaf ers talwm pan fyddai morynion Plas Corwen yn gwneud ugeiniau o deisennau ar gyfer yr ŵyl. Byddai pob penteulu yn yr ardal yn diffodd y tân ar ei aelwyd y noson honno ac yn ei ailgynnau â phentewyn o'r goelcerth er mwyn gwneud yn sicr y byddai'r teulu yn ddiogel am flwyddyn arall.

Cofiai Gwen fel yr arferai'r morynion rwbio un o'r teisennau â marworyn o goelcerth a'i rhoi yn gymysg a'r teisennau eraill. Yna byddai'r meibion a'r merched, tenantiaid ei modryb, yn gadael eu chwaraeon o gylch y coelcerthi ac yn tyrru i gegin fawr Plas Corwen. Yno gorchuddid eu llygaid a thynnai pob un deisen o'r pentwr. Byddai'n rhaid i bwy bynnag a dynnai'r deisen losg neidio deirgwaith drwy'r goelcerth. Cofiai ei bod hi wedi tynnu'r deisen losg unwaith ac nid anghofiai byth fel y daeth rhyw ias lethol o ofn drosti wrth feddwl am neidio drwy'r goelcerth. Yr oedd wedi dechrau crio.

'Mi wna i yn lle Gwen!' gwaeddodd Lowri. 'Mi neidia i dros y goelcerth!'

Ac fe wnaeth. Yr oedd ôl llosg tân yn swigod ar ei choesau, ond ni wnaeth Lowri ddim ond chwerthin. Ar ôl y digwyddiad yma y dywedodd Sibi'r Widdan beisgoch wrth Lowri fod peryglon mwy o lawer na rhai'r goelcerth yn ei haros ac y byddai'n rhaid iddi fynd trwy waeth tân o gryn dipyn cyn hir. Ac yr oedd y wraig hysbys wedi dweud y gwir bob gair. Druan o Lowri.

'Ydach chi wedi dŵad atoch eich hun yn o lew?'

Daeth llais yn ei hymyl â meddyliau Gwen yn ôl o'r gorffennol. Arthur Llywelyn oedd yn sefyll wrth ei hochr. Yr oedd yr eneth wedi ymgolli cymaint yn ei meddyliau nes iddi feddwl am funud ei fod yn sôn am ddychryndod noson y deisen losg. Ond daeth rheswm yn ôl a chofiodd am y goets a'r lladron.

'Ydw . . . O, ydw!' meddai'n ffwndrus. 'Ond mi gefais golled sy'n peri mwy o boen i mi na mae neb yn ei feddwl. Mae Margiad ac Eban wedi bod yn ceisio dweud wrtha i na fydd y Brodyr Llwydion byth yn ysbeilio pobol dlawd a diamddiffyn a'u bod nhw yn gwneud cymwynasau hael ar hyd a lled y wlad. Ond camgymeriad dybryd ydi dweud hynny.'

'Wn i ddim,' meddai Arthur yn fyfyriol. 'Dydi Eban a Margiad ddim ymhell ohoni. Roedd hi'n ddigon hawdd iddyn nhw weld nad oeddych chi ddim yn dlawd nac yn anghenus. Maen nhw yn rhai craff dros ben. Dyna i chi Siencyn Prys y porthmon. Mi gollodd Siencyn fwy na neb arall, meddan nhw, ac mae sôn am ei gyfoeth a'i grint-achrwydd o trwy'r fro. Un o borthmyn Môn ydi Siencyn ac mae o'n hen gybydd heb ei fath.'

'Tasan nhw'n gwbod pa mor werthfawr i mi oedd y freichled saffir, mi fasan yn siŵr o ddod â hi yn ôl,' ochneidiodd Gwen. 'Ond mi wn yn iawn na wela i byth mohoni eto.'

Rhedodd ei meddwl yn ôl at yr adeg y cyfaddefodd am y golled wrth Lowri, ac i Lowri ar y dechrau gyffroi a chynhyrfu, ac ar ôl hynny ymollwng i chwerthin yn galonnog. Chwerthin! I Gwen yr oedd y peth yn anhygoel ac ni allai ei esbonio. Ond erbyn meddwl, yr oedd amryw o bethau tua'r Dryslwyn yma na allai eu hesbonio. Yn un peth, byddai Lowri yn ei chau ei hun am oriau fel meudwy yn ei hystafell, ac ni fyddai byth yn gwahodd Gwen i mewn. Pan oeddent yn byw ym Mhlas Corwen byddai'r ddwy eneth yn byw a bod yn ystafelloedd ei gilydd, ac yr oedd y Dryslwyn i gyd yn rhydd i Gwen ond ystafell Lowri ei hun. Yr oedd rhyw agendor na ellid ei bontio wedi agor rhyngddynt, ac eto i gyd, gwyddai Gwen yn eithaf da fod Lowri yn ei charu.

'Na,' meddai'n beiriannol, 'mi wn i na wela i byth mo'r freichled saffir eto.'

'Na welwch, mae'n siŵr,' cytunodd Arthur. 'Ac eto, mae'r Brodyr Llwydion wedi dychwelyd pethau cyn heddiw. Mae'n syn fel y maen nhw'n dod i wybod pwy i'w ysbeilio a phwy i beidio. Peth anghyffredin yn eu hanes oedd ymosod ar y goets, a hynny pan oedd y gist arfau yn digwydd bod yn wag. Lle'r aeth y gwn, 'sgwn i? Roedd y teithwyr ar eu trugaredd. Ie, peth go ryfedd oedd iddyn nhw ymosod ar y goets. Ond am farchogion y ffyrdd a'r cerbydau gweision lifrai 'na, wel, gwarchod ni, mae'r rheini wedi cael colledion mawr os ydi'r straeon i gyd yn wir.'

'Biti garw iddyn nhw ddigwydd dewis y noson yr oeddwn i yn teithio ar y goets,' meddai Gwen gan edrych ar dwr o fechgyn a genethod yn plethu'n ysgafn a nwyfus trwy'i gilydd o gylch coelcerth anferth.

'Wel ie,' atebodd Arthur. 'Ac mi gafodd Lewys Siaspar, yr apothecari o Gaer, cyfaill fy ewythr, golled hefyd. Mi fyddai wedi cael llawer mwy o golled, medda fo, oni bai i'r Brodyr Llwydion glywed sŵn Gruffydd Ellis a'r gweision a finna'n rhedeg tuag yno. Roedd Siaspar yn deud fod ganddo achos diolch mawr i ni. Wn i ddim beth oedd ar y dyn yn rhyfygu dŵad â'r fath arian i'w ganlyn.'

Yn sydyn, fel y syllai'r ddau ar y dawnsio a'r miri o gwmpas y goelcerth, gwelsant ddyn yn rhuthro i'r canol ac yn gafael mewn brigyn eirias o'r tân. Yna brysiodd oddi yno gan chwifio'r ffagl uwch ei ben nes diflannu yn y mwg. Syllodd Gwen mewn syndod ar ei ôl.

'Be' oedd ar y dyn yn gwneud peth mor ffôl?' holai gan droi at Arthur.

'Wn i ddim yn iawn,' atebodd yntau. 'Ond mae'n eithaf posib fod rhywun yn y pentref yn bur wael. Mae 'na draddodiad yn deud y bydd y claf yn gwella os cymer rhywun ffagl o goelcerth Calan Gaeaf, gwneud arwydd y groes â hi, ac yna ei thaflu i'r marwor ar ei aelwyd. Mae'n siŵr gen i mai rhywbeth fel yna oedd yn digwydd. Fyddech chi'n arfer gwneud peth fel yna yng Nghorwen?'

'Na, chlywais i erioed sôn am y peth o'r blaen,' meddai Gwen. 'Ond mae'n bryd i mi fynd yn ôl rŵan i roi Nia fach yn ei gwely. Chaiff neb ond fi fynd â hi.'

'Mi ddof i'ch danfon os dowch chi efo mi cyn belled â thŷ Gruffydd Ellis yn gyntaf,' meddai Arthur. 'Mae gen i becyn bach iddo fo oddi wrth f'ewythr.'

Yr oedd yr awel yn llwythog o arogl eithin llosg fel y cerddai'r ddau yn araf ar draws y waun nes cyrraedd cwr y pentref gwasgarog lle safai Tafarn y Ddraig. Erbyn hyn yr oedd y lleuad wedi codi dros drum y mynydd a ias eira i'w theimlo yng ngwynt y dwyrain a suai yng nghangau'r coed o gwmpas y dafarn.

Yr oedd Catrin Ellis newydd gyrraedd y gegin o'u blaenau, ac wrthi'n tynnu'r bin ddu o'i siôl.

'Rydach chithau wedi mentro gadael eich cegin ddiddos heno i weld y coelcerthi, ddyliwn i,' meddai Arthur yn gellweirus. Gwyddai yn iawn mai dyna'r peth olaf a wnâi Catrin Ellis.

'Coelcerthi, wir!' atebodd hithau'n ffyrnig gan edrych yn fygythiol ar yr ochr mochyn a hongiai wrth y distyn fel pe bai'n ei gasáu. 'Coelcerthi, wir! Fi'n mynd i weld coelcerthi? Choelia i fawr!' meddai wedyn gan dorchi ei llewys yn fygythiol fel pe bai'n mynd i ymosod ar rywun.

Ond gwyddai Arthur mai ymroi ati i fynd at ei phasteiod a'i chig rhost yr oedd Catrin Ellis.

'Fydda i byth yn mynd allan i weld rhyw lol felly,' ychwanegodd. 'Ac yn siŵr i chi, faswn i byth yn mynd allan ar noson fel heno, a gwynt traed y meirw'n chwythu, oni bai fod galw mawr arna i.

37

Na, dim peryg yn y byd! Mynd allan i un o'r elusendai wnes i, i edrach am Leusa, gwraig Guto'r rhaffwr. Mae o'n ddifrifol wael, a thlodi mawr yno. Dydi Guto ddim wedi gweithio ers dwn i ddim pryd am fod y cryd cymalau yn ei gefn a'i 'sgwyddau a mae o mewn poen o hyd er ei fod yn dal i iro'i gefn efo menyn y Tylwyth Teg. Ond ei wraig druan sydd o dan y don rŵan. Roeddwn i'n meddwl, tybed a wnâi ffagl oddi ar un o'r coelcerthi Calan Gaeaf les iddi. Fuo Rhys, sy'n byw y drws nesa', fawr o dro nad oedd o wedi bod yn nôl brigyn gwenfflam a'i daflu o ar yr aelwyd. Gobeithio y bydd hi'n well, wir.'

Edrychodd Arthur a Gwen ar ei gilydd.

'Rhys oedd y dyn welson ni, felly,' meddai Arthur. 'Ond faint bynnag o les wna'r marworyn, bydd basged lawn Catrin Ellis yn gwneud mwy o les o lawer.'

'Tewch â sôn. Doedd dim angen fy masged i,' meddai Catrin Ellis yn gwta, gan dylino teisen i'w rhoi ar y radell. 'Na, roedd 'na Samariad Trugarog wedi bod yno o 'mlaen i ac wedi gadael mwy o lawer o bethau maethlon ar ôl na'r ychydig fydda i'n ei gario yno,' ychwanegodd, gan roi'r deisen i'w chrasu.

'A dyna sy'n beth rhyfedd,' aeth ymlaen yn fyfyriol, 'ŵyr Guto yn y byd mawr pwy sy'n gadael yr holl drugareddau ar lechen y drws ac yn rhoi rhyw gnoc ysgafn cyn diflannu. Ond mae gen i amcan go dda pwy sy'n gneud.'

'Y Tylwyth Teg, mae'n siŵr,' meddai Arthur yn ddireidus. 'Dyna fyddan nhw'n ei wneud, yntê?

Felly y byddai morynion y Faenor acw yn arfer deud wrtha i pan oeddwn i'n hogyn bach. Rhaid i mi adael i Guto wybod.'

'Peidiwch â gwamalu, da chi,' meddai Catrin Ellis. 'Na, pobl fel chi a finnau ydi'r cymwynaswyr, ac mae gen i amcan go dda pwy ydyn nhw, er na fedra i ddim profi'r peth. Mae'r Brodyr Llwydion yn nes aton ni na mae neb yn meddwl.'

'Maen nhw'n siŵr o fod,' meddai Arthur, gan deimlo wrth ei fodd yn pryfocio Catrin Ellis. Ef oedd yr unig un a feiddiai wneud hynny. 'Mae'r cnafon yn agos iawn aton ni, i feiddio ymosod ar y goets wrth ein drysau.'

'Maen nhw wedi peri poen mawr i mi, beth bynnag,' meddai Gwen, a oedd hyd yn hyn wedi gwrando ar y sgwrs yn ddistaw.

'Nid cadw arnyn nhw rydw i, peidiwch â meddwl hynny,' meddai Catrin Ellis, gan droi ati, 'mae'r Brodyr Llwydion yn lladron pen-ffordd ac yn ddau Samariad yr un pryd, os medrwch chi wneud synnwyr o beth felly.'

'Twt, twt, paid â chyboli, Catrin,' meddai Gruffydd Ellis, a oedd newydd ddod i'r gegin o'r parlwr, a'i bibell glai hir yn ei law.

Ond cyn i Catrin Ellis gael amser i droi arno a rhoi min ei thafod iddo am feiddio anghydweld â hi, dyma'r drws yn agor yn sydyn a Margiad Huws yn rhuthro i mewn.

'Ydi Gwen yma?' meddai, â'i gwynt yn ei dwrn. 'O, diolch 'mod i wedi dod o hyd i ti. Ydi Nia fach efo chdi? Welaist ti hi?'

Ysgydwodd Gwen ei phen yn araf, a theimlai ei chalon yn llamu i'w gwddf.

'Naddo,' meddai.

'Naddo? O'r nefoedd! Dyna'n gobaith olaf ni wedi mynd! Mae Nia fach ar goll!'

PENNOD 7

Yr Ymwelydd

Eisteddai'r Ustus Llywelyn a'i gyfaill, Lewys Siaspar, yn neuadd y Faenor, a photel o win o'u blaenau.

'Ydi, mae hwn yn win gwerth ei gael, heb dalu toll arno,' chwarddai'r gŵr diarth gan ei brofi'n feirniadol. 'Dyma fo. Gwin Gasgwyn o'r iawn ryw, a does dim posib cael ei well os nad ydi'r gwin gwyn Rochelle sydd wrth eich penelin chi yn y fan yna yn ei guro. Wyddoch chi be', Ustus, mae'n syn meddwl ein bod ni'n medru masnachu fel hyn efo Ffrainc a chysidro fod pethau mor ddrwg rhwng y ddwy wlad. Does yna ddim gelyniaeth rhwng y smyglers, beth bynnag, ac mae'n siŵr na fydd yn rhaid i ni symud ein ffau o San Malo.'

'Na fydd, reit siŵr, fel y mae pethau ar hyn o bryd,' cytunai'r Ustus. 'Mi fûm innau'n ofni ar y dechrau y byddai'n rhaid i ni redeg yr *Arabella* i Sbaen yn lle i San Malo yn Llydaw. Ond hen helbul fyddai hynny. Mi fuasai'n cymryd amser a thrafferth i ni newid ein cynlluniau.'

'Ac mi fyddai'n beryglus hefyd,' meddai Siaspar. 'Wyddoch chi ddim pwy ydi neb y dyddiau yma. Yn wir, wn i ddim ydi'r guddfan yma yn rhyw sâff iawn ar hyn o bryd.'

'O, mae gwŷr yr ecseis yn iawn,' meddai'r Ustus. 'Mi wn i sut i'w trin nhw i'r dim. Maen nhw yn rhai reit hawdd i'w twyllo ac mi fydda i yn eu gwneud nhw o dan eu trwynau. Raid i mi wneud dim ond hulio'r bwrdd yma reit dda efo pysgod a chigoedd a gwin tebyg i hwn, a dyna bob dim yn hwylus.'

'Na, nid at hynna roeddwn i'n cyfeirio,' meddai Lewys Siaspar. 'Mi wyddoch be' ddigwyddodd yn Nhafarn y Cei y noson o'r blaen. Wyddoch chi be'? Mae'r Brodyr Llwydion yna yn codi rhyw arswyd arna i. Mi fydda i'n credu weithiau mai ysbrydion ydyn nhw. Meddyliwch fel y maen nhw'n diflannu o bob man. Tasa ddim ond noson y goets fawr.'

'Mi fuaswn yn dawelach fy meddwl o lawer petawn i'n medru credu'r un peth,' meddai'r Ustus yn sychlyd. 'Mi fuasen nhw'n llai peryglus o gryn dipyn.'

'Wel, mae'n dda gen i 'mod i'n mynd i ffwrdd fory,' meddai Siaspar. 'Ac ar ôl inni orffen ein busnes fydd gen i ddim llawer iawn ar ôl iddyn nhw ei ddwyn oddi arna i pe digwyddai iddyn nhw deimlo ar eu calonnau i ysbeilio'r goets am yr eildro. Mae'r awdurdodau yn siŵr o fod yn cysgu, ydyn wir. Ac er na welais i mo'r wyneb yn ffenest Tafarn y Cei y noson o'r blaen, mi welais yr effaith gafodd o ar y criw. Roedd hyd yn oed Gruffydd Ellis, y cadarn ei hun, yn crynu fel deilen aethnen, ac wedi mynd i ofni ei gysgod.'

Yr oedd un o'r morynion wedi taflu boncyff derw praff i ganol y tanllwyth ar yr aelwyd nes gwneud yr ystafell yn annioddefol o beth. Cododd yr Ustus a cherddodd at y ffenestr. Edrychodd allan trwy darth barrug y llwydnos dros yr ehangder a oedd rhyngddo a'r creigiau duon a ddisgynnai yn syth i'r môr.

Yng nghanol yr anialwch o garneddau cerrig, gwelai amlinell hen briordy a oedd erbyn hyn wedi dadfeilio yn gwgu'n dywyll a hagr arno o'r distawrwydd oer a ymdaenai dros y wlad. Yr oedd y murddun wedi ei adael i'r tylluanod ac i ysbrydion y nos ers canrifoedd. Safai yn ei unigrwydd mud a'i ddrws yn agored i stormydd y môr. Yna y bu'r clwysty unwaith, lle yr ymdrinid â materion y priordy ac yma y cleddid y mynaich a'r brodyr.

'Ydi'r llwybr trwy Furiau'r Wylan mewn bod o hyd, tybed?' meddai'r Ustus, megis wrtho'i hun, gan graffu ar yr hen adfeilion a fu gynt yn gartref i'r mynachod. 'Mi fyddai nhad yn ei ddefnyddio weithiau yn lle Tafarn y Cei. Ond welais i erioed ddiben gwneud hynny.'

Sychodd Siaspar y chwys oddi ar ei dalcen ac aeth i sefyll wrth ochr yr Ustus.

'Pam rydach chi'n ei alw fo'n Furiau'r Wylan?' gofynnodd. 'Ond o ran hynny, mae'n enw digon addas. Cyrchfa gwylanod ydi o erbyn hyn, mae'n debyg.'

'Nage,' chwarddodd yr Ustus. 'Welais i 'run wylan erioed ar gyfyl y lle, am wn i. Muriau Gwyddaelan ydi'r enw iawn, ond o dipyn i beth mi aeth yn Furiau'r Wylan. Enw hen offeiriad oedd

Gwyddaelan ac mae ei enw o yn aros o hyd ar garreg yn y mur, uwch ben ei fedd, reit siŵr.'

Daeth ias o gryndod dros Lewys Siaspar.

'Fuasa arna i ddim llai nag ofn mynd i le fel yna liw dydd golau heb sôn am liw nos,' meddai gan ddal i graffu ar y murddun. ''Rhoswch chi am funud bach,' aeth yn ei flaen, 'oes yna rywbeth yn symud rhyngon ni a'r lle? Na, dychmygu rydw i, reit siŵr.'

'Rhaid i chi fod yn ofalus, gyfaill,' meddai'r Ustus, 'neu mi fyddwch chithau, fel Gruffydd Ellis, wedi mynd i ofni'ch cysgod. Rargian! Mae hi'n boeth yma!'

Agorodd yr Ustus ychydig ar ran ucha'r ffenestr, ac yn y pellter gallai glywed rhu y tonnau yn sugno graean yr ogofau. Daeth rhyw ias o gryndod rhyfedd drosto yntau hefyd, a theimlai fod rhywun yn ei wylio. Tynnodd y llenni melfed gan gau ar yr unigeddau gerwin.

'Waeth i ni orffen y busnes rŵan, mwy na pheidio,' meddai gan droi at Siaspar. 'Mi fyddwch chi a minnau'n mynd ar daith fory ac felly . . .'

'Ydach chithau'n mynd oddi yma hefyd?' torrodd Siaspar ar draws ei eiriau mewn syndod. 'Yfory? Efo'r goets?'

'Na, nid 'run ffordd â chi. Wnes i ddim crybwyll y peth? Ydw, rydw i'n mynd i Gaernarfon i fod ar y Fainc yfory. Mi fydda i'n mynd ar gefn 'y ngheffyl ac mi allaf eich sicrhau na fydd gen i unrhyw beth o werth yn fy mhoced pe bawn i'n cael anffawd ar y daith.'

'Doeth iawn,' meddai Siaspar.

'Gresyn na fyddai'r Brodyr Llwydion wedi eu dal a minnau'n cael y fraint yfory o'u dedfrydu i gosb eithaf y gyfraith gyda'r lladron defaid a'r lleill. Ond i hynny y daw hi, a chredwch chi fi, fydd 'na ddim trugaredd iddyn nhw pan ddaw'r diwrnod hwnnw.'

'Oes yna smyglers o flaen y fainc yfory?' gofynnodd Siaspar yn slei, gan dynnu cod o arian o logell ddofn ei wisg a'i gosod ar y bwrdd. A chwarddodd y ddau yn braf gan dynnu eu cadeiriau ymlaen.

'Cyfrwch y rhain efo mi,' meddai Siaspar. 'Fel y gwyddoch chi, mi fedrwn roi mwy o flaendal i chi am y cargo oni bai bod y Brodyr Llwydion 'na wedi ymosod ar y goets a dwyn y god arall. Ond trwy ryw drugaredd, mi ddaeth eich nai a Gruffydd Ellis i'r adwy mewn pryd. Wel, rŵan, dewch Ustus, faint fydd yn ddigon o flaendal am y llwyth? A chofiwch, os digwydd rhywbeth i'r cargo, eich cyfrifoldeb chi fydd hynny.'

'Ie, debyg iawn,' cytunai'r Ustus.

Am beth amser nid oedd siw na miw yn yr ystafell, dim ond sŵn arian yn tincian a mwmial y ddau ddyn wrth drafod a chyfrif. Erbyn hyn roedd gwynt y dwyrain wedi codi ac yn chwibanu o gwmpas y tŷ mawr. Daeth chwa oer i'r ystafell, ond yr oedd yr Ustus a Lewys Siaspar yn rhy ddwfn yn eu cyfrifon i gymryd sylw.

O'r diwedd, cododd yr Ustus ar ei draed, ac ar ôl rhwymo'r god, rhoddodd hi mewn drôr yn y bwrdd.

'Dyna ni rŵan,' meddai Siaspar, gan orffen yfed ei win a chodi i fynd i'w wely.

Wedi ei adael ei hun, tynnodd yr Ustus agoriad bychan o'i boced a phlygodd i gloi'r drôr. Ond y funud honno, rhoddodd rhyw bren neu ddistyn glec uchel. Cododd yr Ustus ei ben, ac oerodd fel darn o farmor. Ar lawr yr ystafell, a'i gefn yn erbyn llenni melfed y ffenestr, safai dyn tal, yn llwyd o'i gorun i'w sawdl a gwn bygythiol yn ei law wedi ei anelu'n syth at yr Ustus.

Un o'r Brodyr Llwydion!

'Codwch eich dwylo i fyny,' meddai'n finiog, 'ac os clywaf smic o sŵn mi fydd y pistol yma wedi eich distewi chi cyn i neb gyrraedd yr ystafell.'

Yr oedd wyneb yr Ustus yn welw o gynddaredd, ond yr oedd ei fywyd yn rhy werthfawr yn ei olwg iddo feiddio anufuddhau. Cododd ei ddwylo.

'Mi gwelais i chi yn rhedeg y cargo i mewn y noson o'r blaen,' meddai'r lleidr yn hamddenol. 'Mi wn i sut y mae'r Ustus Llywelyn yn ymgyfoethogi ac mae arna i eisio rhan o'r ysbail. Agorwch y drôr yna—na, chawsoch chi ddim amser i'w chloi—a rhowch y god rydych chi newydd ei rhoi i mewn i mi.'

Edrychai'r Ustus yn wyllt o'i gwmpas fel aderyn wedi ei ddal mewn rhwyd. Cynddeiriogai wrth feddwl ei fod yn llwyr ar drugaredd yr adyn hwn a oedd yn anelu ffroen pistol mor ddiysgog tuag ato. Gwyddai'n eithaf da na phetrusai ei ddefnyddio pe bai angen. Yr oedd wedi gwylltio cymaint nes bod glafoerion yn diferu o gonglau ei wefusau a chrynai fel deilen mewn storm. Prin y gallai reoli ei law i agor y drôr.

'Rhowch y god yn fy llaw chwith,' oedd gor-
chymyn nesaf y lleidr, a chyn gynted ag yr ufudd-
haodd yr Ustus, diflannodd yr ysbeiliwr fel drych-
iolaeth. Yn syth ar ôl i'r pistol bygythiol fynd o'r
golwg, rhoddodd yr Ustus y fath floedd fel y rhuth-
rodd pob gwas a morwyn a Siaspar i'r ystafell
mewn dychryn. A dyna lle'r oedd yr Ustus yn
ymbalfalu fel dyn gwirion yng nghyfeiriad y
ffenestr, ac yn ceisio dringo allan drwyddi.

'Ffordd yna yr aeth o! Ffordd yna! Daliwch o!'
bytheiriai'n wyllt.

Rhuthrodd y gweision allan i lwydni dilewych y
nos, er na wyddai yr un ohonynt am bwy nac am
beth y chwilient. Ond nid oedd dim yn torri ar gri'r
dwyreinwynt ond su diorffwys y tonnau yn troch-
ioni yn erbyn y creigiau. Ac nid oedd neb i'w weld
ond Arthur, nai yr Ustus, yn sefyll fel delw ychydig
lathenni o'r tŷ.

PENNOD 8

Crochan y Smyglwyr

Yr oedd Lowri bron â gwallgofi wrth chwilio pob
twll a chornel am yr eneth fach. Rhedai trwy'r
drysni gan alw ei henw dros y lle, a chribai Eban a
Margiad y gwrychoedd o ben i ben. Yn sydyn yr
oedd Margiad wedi meddwl am Gwen. Tybed a
oedd yr eneth fach wedi mynd efo Gwen, neu wedi
ceisio ei dilyn?

Heb golli eiliad yr oedd wedi brysio i chwilio amdani ac wedi bod yn ddigon ffodus i ddod o hyd iddi yn weddol ddidrafferth yn Nhafarn y Ddraig.

Pan glywodd Arthur y newydd yr oedd ei feddwl, am ryw reswm, wedi rhedeg yn syth at y creigiau heb fod nepell o'r Dryslwyn. Yr oedd wedi gafael mewn llusern a hongiai y tu allan i ddrws cefn y dafarn ac wedi rhedeg, heb yngan gair â neb, am y creigiau. Yr oeddynt wedi eu claddu yn nhywyll-wch y nos, ond yr oedd y llusern ganddo a gwyddai na ddywedai Catrin Ellis yr un gair croes am iddo fynd â hi heb ei chaniatâd. Teimlai nad oedd munud i'w golli.

Yr oedd Margiad yn dilyn Gwen orau y gallai i gyfeiriad y Dryslwyn.

'Wn i ddim lle i chwilio eto, wir,' meddai, yn gaeth ei hanadl wedi'r holl frysio, 'Fydd hi byth yn mynd i'r pentra. Ŵyr hi mo'r ffordd. Lowri druan! Be' mae hi wedi ei wneud mwy na rhyw eneth arall i orfod mynd trwy bethau mor fawr!'

'Pryd aeth hi ar goll, Margiad?' holodd Gwen yn gythryblus. 'Tybed ei bod hi wedi ceisio fy nilyn i'r pentra, ac wedi colli'r ffordd yn y drysni?'

'Dydi hi ddim yn y drysni, yn siŵr i ti, neu mi fydda wedi ateb neu grio wrth inni weiddi arni,' meddai'r hen wraig. 'Mae Eban wedi cyfrwyo un o'r ceffylau ac wedi mynd efo lantar dros y rhostir, rhag ofn ei bod hi wedi ymwthio trwy dyfiant y drysni, a mynd allan i'r hen ffordd. Wn i ddim be' ddaw o Lowri os bydd hi'n hir iawn.'

Rhyfeddai Gwen glywed fod hen ŵr mor fusgrell a gwargam ag Eban wedi mentro ar un o'r ceffylau.

Byddai Lowri yn marchogaeth yn aml, weithiau i'r eglwys, ac yn bur aml i dref Caernarfon i brynu nwyddau ar gyfer y tŷ. Ond peth arall oedd i hen ŵr methiannus, a'i gorff wedi crymu gan gryd cymalau, farchogaeth gefn trymedd nos ar draws y rhostir a oedd yn frith o gyrnennau mawn a thros gorsydd brwynog lle'r oedd siglenni twyllodrus. Ond yr oedd bywyd Nia fach yn y fantol.

'Oedd hi'n ddiogel iddo fynd, Margiad?' gofynnodd yn bryderus.

'Diogel neu beidio, wedi mynd y mae o,' meddai Margiad, yn fyr ei hanadl wrth geisio dilyn Gwen.

Edrychodd yr eneth yn bryderus i gyfeiriad y tŷ, ond nid oedd golau i'w weld yn unman. Yr oedd arwyddion storm yn yr awyr fel y casglai'r cymylau trymddu yn fygythiol uwch eu pennau. Llithrai'r lloer i'r golwg yn awr ac yn y man a disgleiriai ei phelydrau ar yr hen furiau cadarn gan ariannu'r modrwyau pres trymion a grogai wrth y garreg farch y tu allan i'r porth.

Wrth graffu trwy'r nudden ar y clogwyn hagr, bygythiol a ymsythai y tu ôl i'r Dryslwyn daeth syniad newydd i feddwl Gwen. Tybed a oedd pawb yn chwilio am yr eneth fach rhwng y tŷ a'r môr, heb i neb feddwl am y creigiau oedd yng nghefn y tŷ? Gwir na allai neb na dim ddringo wyneb y clogwyn serth, ond cofiodd Gwen fod mân dyllau ym môn y graig lle y byddai Nia yn mynd i gael carreg nadd i wneud lluniau ar lechen yr aelwyd yn y gegin.

Cyrhaeddodd y ddwy y tŷ. Ond nid oedd hanes o Lowri yn unman. Llithrodd Gwen allan trwy ddrws y cefn a diolchodd am y mymryn lleuad. Yr oedd nerth gwynt y dwyrain wedi gostegu er bod ei fin deifiol i'w deimlo o hyd a rhyw ddistawrwydd dwys, y tawelwch bradwrus hwnnw sy'n dod weithiau o flaen drycin, wedi disgyn ar y fro.

Tyfai drain a mieri blith draphlith rhwng cefn y tŷ a'r creigiau a syrthiodd llygaid craff Gwen ar ryw smotyn golau ar flaen draenen. Ai blodyn ydoedd? Ond nid oedd yn bosibl fod blodyn ar fieren ar noson Calan Gaeaf. Ymwthiodd i'r drain a gwelodd mai dernyn bychan o ddefnydd glas ydoedd—darn o wisg Nia fach!

Gwthiodd trwy'r drain nes cyrraedd agen yn sawdl y clogwyn. Craffodd drwyddi a gallai weld math o dwnnel cul o'i blaen. Ymgripiodd yn ofalus i mewn ond gwelodd yn fuan bod ei llwybr yn culhau fel yr âi ymlaen. Ar ôl cerdded ychydig lathenni, methodd fynd gam ymhellach gan fod darnau o graig a rwbel wedi hanner cau'r agen. Eto, yr oedd y twll yn ddigon mawr i gorff bychan eiddil fel un Nia ymwthio drwyddo. Tybed ai dyna oedd wedi digwydd? Dechreuodd Gwen alw ei henw i lawr i berfeddion y twll.

'Nia! Nia fach! Nia!'

Ond nid oedd dim i'w glywed ond atsain ei llais yn diasbedain yn y creigiau.

Aeth yn ôl i'r tŷ a chwiliodd am gannwyll. Cafodd afael yn un o'r canhwyllau a wnâi Marged o wêr y carw gwyllt. Byddai Lowri yn dod â'r gwêr iddi o ryw farchnad neu'i gilydd. Ymfalchïai Margiad yn ei chanhwyllau a defnyddiai fowldiau o bren i'w ffurfio. Gwyddai y byddent yn llosgi yn hwy na chanhwyllau neb arall a rhoddai rai yn anrheg i Catrin Ellis yn awr ac yn y man.

Rhoddodd Gwen gannwyll fawr yn ei phoced, ond yn ei byw, ni allai weld blwch tân Margiad yn unman. Rhedodd i'r neuadd a chafodd hyd i flwch tân Lowri yn y fan honno. Yna aeth yn ôl at yr agen.

Pan ddaeth at y tocyn rwbel cododd y darnau rhydd o'r graig a thaflodd hwy oddi ar y ffordd nes gwneud digon o le iddi allu ymwthio drwodd. Ar ôl hyn, ehangai'r llwybr dipyn, a dechreuodd Gwen alw enw Nia unwaith yn rhagor, ond i ddim pwrpas. Eto, er dyfned y tawelwch ym mherfedd y clogwyn, yr oedd rhywbeth yn mynnu dweud wrth Gwen fod Nia yno yn rhywle.

Yr oedd wedi cyrraedd man lle y gallai gerdded heb wyro ei phen, erbyn hyn. Ond ymhen ysbaid, yr oedd yn rhaid gwyro drachefn ac mewn un lle bu'n rhaid iddi ymgripian ymlaen ar ei lled orwedd. Yna daeth at lwybr oedd wedi ei gafnu gan afon drwy'r creigiau, a bu'n cerdded am beth amser trwy ddŵr lleidiog. Ond daeth terfyn ar hynny eto ac aeth i ddechrau meddwl fod y llwybr yn ddiddiwedd. Yr oedd ar fin rhoi'r gorau iddi pan ddaeth i agorfa eang yn y graig a bu bron iddi syrthio ar draws rhyw ddernyn o bren ar ei llwybr.

Goleuodd y gannwyll a gwelodd mai taro yn erbyn casgen a wnaethai. Gadawodd i beth o'r gwêr poeth ddisgyn ar ben y gasgen er mwyn iddo ddal y gannwyll yn syth wrth fferru, a cheisiodd graffu o'i chwmpas yn y llwydolau.

Ond cyn iddi ddechrau dyfalu pam fod casgen mewn lle felly, gwelodd rywbeth a barodd iddi neidio yn ei blaen a rhoi bloedd o lawenydd. Yr oedd Nia fach yn cysgu'n drwm ym mhen pella'r gell danddaearol, a'i chath fach yn ei breichiau.

'Nia! Nia! O, diolch i Dduw!' meddai Gwen o eigion ei chalon, gan godi'r eneth fach a'i gwasgu yn ei breichiau. Deffrôdd y plentyn.

'Nia eisio mynd adla,' meddai'n gysglyd. 'Pws bach Nia wedi mynd i'r twll, a Nia mynd ar ôl Pws. Nia eisio bwyd.'

'Rydan ni'n mynd adra'r funud 'ma, 'nghariad i,' meddai Gwen, gan roi'r eneth fach i lawr yn ofalus. 'Ond rhaid i Nia gerdded am sbel. Mae'r llwybr yn y fan yma yn gul ac yn isel, wel'di.'

'Nia ddim eisio celdded. Nia wedi blino,' meddai'r fechan gan wneud sŵn crio.

Safodd Gwen gan edrych o'i chwmpas yn ei phenbleth yn ceisio dyfalu sut y gallai ei chario trwy'r fath le cyfyng. Yn araf daeth ei llygaid yn gynefin â golau gwan y gannwyll a gallai weld ychwaneg o gasgenni o'i chwmpas. Sylweddolodd ei bod yn sefyll yng nghanol casgenni a barilau o bob math, a gwyddai y tu hwnt i bob amheuaeth ei bod, trwy ddamwain, wedi dod ar draws ogof smyglwyr.

Yn sydyn, a hithau'n dal i syllu o'i chwmpas mewn rhyfeddod, syfrdanwyd hi gan lais yn galw arni o'r pen arall i'r gell. Trodd i'w gyfeiriad mewn dychryn a gwelai ddyn tal yn sefyll yn llonydd yn y gwyll.

'Raid i chi ddim mynd allan trwy'r agen gul yna,' meddai'n foesgar. 'Mae 'na well ffordd o lawer yr ochr yma a dydi hi ddim hanner mor faith. Mi fedrwch gario'r eneth fach yn hwylus.'

Craffodd Gwen i'w gyfeiriad mewn syndod, ond nid oedd yn ddigon golau iddi allu gweld ei wyneb yn iawn.

Nid oedd amheuaeth nad un o'r smyglwyr oedd y dyn. Ond os oedd yn ddigon caredig a boneddigaidd i'w harwain allan yr oedd yn berffaith fodlon i'w ddilyn. Gafaelodd yn dynnach yn yr eneth fach a'r gath a chanlynodd ef orau y medrai ar hyd y llwybr llydan.

Teimlai'r llyfnder o dan ei thraed a gwyddai fod tipyn o dramwyo arno. Sylwai fod llwybrau culach yn agor i'r dde a'r aswy.

'Wedi crwydro i mewn ar ôl y gath yr oedd hi,' meddai Gwen. 'Wn i ddim sut y buasen ni wedi dod allan heb eich help chi.'

Nid atebodd y dyn hi ar unwaith oherwydd yr oedd wedi sefyll wrth un o'r llwybrau.

'Mi fyddai'n well i chi fynd ymlaen yn gyntaf yn y fan yma,' meddai. 'Rydach chi bron ar ben eich taith. Gwyliwch rhag syrthio yn y tywyllwch. Mae yna ddau risyn yn union o'ch blaen. Ara' deg rŵan. Dyna chi.'

Tybiodd Gwen, yn nhywyllwch y llwybr tanddaearol, ei bod yn mynd i mewn i ystafell, a'r funud nesaf yr oedd yn siŵr o hynny. Clywodd glep y tu ôl iddi fel pe bai drws haearn yn cael ei gau, a chrechwen isel, iasoer, y tu allan iddo.

'Dyna chi rŵan yn ddiogel yng Nghrochan y Smyglwyr,' meddai'r llais. 'Ddaeth neb allan oddi yna yn fyw!'

PENNOD 9

Y Llanw

Curai'r tonnau yn drochion gwynion yn erbyn y creigiau a phistyllai'r glaw fel pe'n tywallt ei lid ar ddaear soeglyd. Chwythai'r corwynt gan hyrddio mân gerrig, rhedyn ac eithin, i bob cyfeiriad. Uwch sŵn y môr cynddeiriog rhuai'r storm nes ysgwyd y Faenor, lle'r eisteddai'r Ustus a Gruffydd Ellis o flaen tanllwyth o dân mawn.

'Wn i ddim be' i'w wneud, a dyna'r ffaith amdani,' meddai'r Ustus am yr ugeinfed tro. 'Dyma ni wedi bod wrthi yn y fan yma ers blynyddoedd o dan drwynau gwŷr y doll a neb wedi amau dim. A rhyw fymryn o ferch yn ein dal ni yn y diwedd! Credwch chi fi, Gruffydd Ellis, mi ddychrynais i fwy pan welais i'r eneth 'na yn sefyll yng nghanol y nwyddau nag a wnes i pan ddaeth y lleidr i mewn i'r tŷ 'ma. Roeddwn i'n ofni y byddai hwnnw yn fy mlacmelio am byth ond chlywais i ddim siw na miw ohono wedyn. Rydan ni fel tasan ni wedi'n rheibio'n ddiweddar, ydan wir!'

'Does bosib!' meddai Gruffydd Ellis gan anesmwytho. 'Chlywais i ddim sôn fod rheibes yn y cyffiniau. Ond mi ddywedodd rhywun fod Begw'r Gors yn cael ei phoeni ac yn cael colledion mawr, ei hanifeiliaid yn mynd yn sâl, a rhai yn marw. Roedd hi wedi prynu dau fochyn bach o'r un doriad ac mi fuo'r ddau farw bore trannoeth, meddan nhw. Does dim amheuaeth nad wedi eu rheibio yr oeddan nhw. Ond trwy drugaredd, does yna ddim anhwyldeb ar yr un ohonon ni, dim ond anlwc pur.'

53

Bu tawelwch am ysbaid, tra syllai'r ddau yn fud i'r tân a losgai'n goch ar yr aelwyd.

'Na, fedra i yn fy myw feddwl ein bod ni wedi ein rheibio,' meddai Gruffydd Ellis. 'Ond tae waeth am hynny, be' am yr eneth yna, Ustus? Dyna sy'n fy mhoeni i. Mae 'nghalon i'n gwaedu wrth feddwl ei bod hi yn y gell oer yna, hi a'r hogan bach. Rydach chi wedi fy sicrhau i eich bod chi wedi gadael golau a digon o fwyd iddyn nhw yn y Crochan. Ond er hynny, mae'n rhaid eu gollwng nhw oddi yno rhag blaen, doed a ddelo. Mae iasau oerion yn fy ngherdded i wrth feddwl amdanyn nhw.'

'Mi fydd iasau oerach yn mynd trwoch chi pan welwch eich hun yn cael eich condemnio yn y seisus,' meddai'r Ustus yn oeraidd. 'Na, mae'n rhaid dal ein gafael ar yr eneth ar bob cyfri. Unwaith y caiff ei thraed yn rhydd, mi fydd ar ben arnon ni. Does dim dewin all gau ceg merch.'

Yr oedd Gruffydd Ellis yn syllu arno fel dyn wedi ei syfrdanu.

'Na, rhaid gadael iddi yn y fan lle mae hi, am dipyn, beth bynnag, nes bydd hi'n ddiogel i ni ei symud,' aeth yr Ustus ymlaen. 'Mae wedi dod i hyn. Hi neu ni amdani.'

Neidiodd Gruffydd Ellis ar ei draed yn gyffrous pan glywodd hyn.

'Wna i byth gau fy llygaid ar beth fel yna. Na wna, byth,' meddai. 'Meddyliwch am y boen a'r pryder sydd yn y Dryslwyn! Mae'n rhaid cael yr eneth oddi yno ar unwaith, doed a ddelo. Mi af yno fy hun i'w nôl, a fedr neb fy rhwystro. Mi gymra i y canlyniadau!'

'Ie, ond cofiwch, gyfaill, nad eich rhyddid chi eich hun yn unig sydd yn y cwestiwn,' meddai'r Ustus yn felfedaidd. 'Mae fy rhyddid innau a'r holl griw yn y fantol. Os syrth un, fe syrth pawb. A pheidiwch ag anghofio hynny. Eisteddwch i lawr, Gruffydd Ellis, a chymrwch bwyll. Na, ar ôl pwyso a mesur, wela i ddim ond un o ddau beth amdani ynglŷn â'r eneth yna. Rhaid ei gadael hi yn y fan lle mae hi, fel y dywedais yn barod, neu ei rhoi ar fwrdd yr *Arabella Ann* a mynd â hi yn ddigon pell o'r wlad. Ac os daw hi byth yn ôl, choelith neb mo'i stori hi. Mi allwn adael yr eneth fach ar un o lwybrau dyrys y Dryslwyn. Mae honno yn rhy fychan i achwyn a bod yn beryglus.'

'Wna i byth gytuno â'r cynllun yna, chwaith!' meddai Gruffydd Ellis yn gynhyrfus. 'Na wna, byth dragywydd!'

Yr oedd yn hawdd gweld fod gŵr y dafarn wedi ei gythruddo drwyddo, a daeth trem wawdlyd i gil llygad yr Ustus.

'Wel, hwyrach y bydd yn well gennych chi adael y wlad eich hun, ynteu,' meddai'r Ustus yn sychlyd. 'Y foment y daw'r eneth yna'n rhydd ac adrodd ei stori, mi fydd yn rhaid i ni ei chlirio hi oddi yma am ein bywydau. Meddyliwch, Gruffydd Ellis, meddyliwch sut y byddwch chi'n teimlo wrth ffoi o Dafarn y Ddraig. Meddyliwch am adael y lle am byth a gwŷr y gyfraith yn dynn ar eich sodlau chi! A phob un ohonon ni yr un fath!'

Tawodd yn sydyn i wrando ar y storm yn ymnyddu y tu allan. Curai'r cenllysg yn erbyn y ffenestri gan fygwth eu malurio'n ddarnau. Prin y gallent glywed y naill a'r llall yn siarad.

'Mawredd annwyl!' meddai ar ôl i'r dwndwr dawelu ychydig, 'Mae hi'n storm ddychrynllyd. Clywch y gawod genllysg 'na yn chwipio o'r môr!'

Cododd, a safodd wrth ffenestr y dwyrain am ychydig i syllu allan ar y môr berwedig, ac ewyn y don yn ei hyrddio ei hun yn erbyn y creigiau. Eisteddai Gruffydd Ellis yn ddwfn yn ei gadair, ei ben rhwng ei ddwylo, mewn digalondid mawr. Yr oedd geiriau'r Ustus wedi ei gynhyrfu'n fawr.

Yn sydyn, agorwyd y drws a daeth Arthur i mewn yn wlyb domen. Edrychai'n siomedig a lluddedig a'i lygaid yn drwm lonydd. Dangosodd beth syndod o weld Gruffydd Ellis.

'Rhedeg i mewn wnes i er mwyn i chi gael gwybod fod y morglawdd o flaen Tafarn y Cei wedi ei ddymchwel gan y llanw, ac mae llawr y dafarn dan ddŵr,' meddai'n frysiog cyn i neb gael amser i'w gyfarch. 'Mae'n siŵr ei fod o'n rhedeg i'r selerydd. Mae'r dodrefn yn nofio, ond fedrwn i ddim aros yno i roi unrhyw help i Malen, gan 'y mod i wrthi'n chwilio am yr eneth fach.'

Arhosodd am ennyd gan ddisgwyl i'w ewythr neu Gruffydd Ellis holi rhywbeth am Gwen a Nia fach. Dyna oedd testun siarad yr holl bentref erbyn hyn a mwy na hanner y trigolion wedi troi allan i chwilio amdanynt. Ond nid oedd ond distawrwydd mud yn yr ystafell a'r unig sŵn oedd sŵn y storm yn ochain oddi allan.

'Y dafarn dan ddŵr!' sibrydodd Gruffydd Ellis o'r

diwedd rhwng ei ddannedd, 'a'r celloedd hefyd, hwyrach. Maen nhw'n is o lawer na'r llawr.'

Er mai sisial dan ei anadl a wnaeth, deallodd Arthur y geiriau. Rhyfeddodd fod Gruffydd Ellis, y gŵr y meddyliai ef gymaint ohono, mor galon galed yn cyffroi cymaint ynghylch y llanw yng nghell-oedd Tafarn y Cei ac mor ddihidio am Gwen a Nia fach. Ychydig a wyddai Arthur beth oedd ar feddwl Gruffydd Ellis!

Trodd ar ei sawdl i adael yr ystafell, a phan oedd ar gyrraedd y drws, edrychodd dros ei ysgwydd, ac anelodd ei eiriau yn finiog tuag at ei ewythr a'r tafarnwr.

'Er ei bod hi'n amlwg nad ydach chi'n malio gronyn be' sydd wedi digwydd i Gwen a'r eneth fach,' meddai, 'waeth i chi gael gwybod mwy na pheidio. Wedi methu dod o hyd i'r ddwy y mae pawb hyd yn hyn. Mae'r peth yn ddirgelwch llwyr ac mae mam yr eneth fach bron iawn â drysu.'

Caeodd y drws yn glep ar ei ôl, ac edrychodd Gruffydd Ellis ar yr Ustus a'i lygaid yn llawn gofid a phryder.

'Rydw i'n methu byw yn 'y nghroen, ydw'n wir!' meddai. 'Rhaid mynd yno'r funud 'ma, heb os nac oni bai. Mae'r celloedd dan ddŵr! Mae'n ddigon am eu bywydau, ydi'n wir! Rydw i'n mynd!'

Brasgamodd i gyfeiriad y drws, ond gafaelodd yr Ustus yn ei gôt.

'Steddwch i lawr, ddyn,' meddai'n ddiamynedd. 'Does dim modd i'r dŵr fynd i mewn i Grochan y Smyglwyr, siŵr iawn! Rhowch eich rheswm ar waith! Mae'r Crochan yn uwch o lawer na'r cell-

oedd. Dylai'r eneth ddiolch ei bod o dan do. Be' pe
tae hi a'r hogan bach ar y fawnog neu'r rhostir!
Clywch y storm, bendith ichi!'

'Ond meddyliwch amdanyn nhw yn y gell 'na ers
yr holl oriau,' ochneidiai Gruffydd Ellis yn
ystyfnig. 'Meddyliwch . . .'

'Meddyliwch am eich bywyd a'ch rhyddid eich
hun, ddyn!' meddai'r Ustus cyn iddo orffen. 'Mae'r
eneth yna wedi dod â digon o drybini ar ein pennau
ni fel y mae hi, heb sôn am i chi wneud pethau'n
waeth. Steddwch i lawr, Gruffydd Ellis! Rydw i'n
difaru 'mod i wedi gadael i chi wybod. Sut na
sylweddolwch chi fod yr eneth yna yn gwybod
digon i'n rhoi ni dros ein pennau a'n clustiau yng
ngharchar! Feddyliais i erioed fod yna lwybr yn
agor o'r gell fawr i gyfeiriad y Dryslwyn. Wyddech
chi amdano?'

Nid atebodd Gruffydd Ellis. Yr oedd wedi ymgolli
yn ei feddyliau. Ymhen ychydig cododd ei ben a
sylwodd yr Ustus fod ei lygaid wedi bywiogi.

'Mae gen i gynllun,' meddai. 'Ar ôl iddi nosi—mi
fydd yn dywyll gyda hyn—mi allech chi fynd i'r gell
a mwgwd fydd yn cymryd dipyn o amser i'w ddatod,
efo chi. Clymwch o am wyneb y ferch ifanc ac
arweiniwch hi i fyny o'r gell trwy lwybr Muriau'r
Wylan, heb fynd ar gyfyl Tafarn y Cei. Ac wedyn,
wedi mynd â hi yn ddigon pell o'r Muriau, ei gadael
hi ar y comin, yn y tywyllwch. Mae'r eneth fach yn
rhy ddiniwed i sylwi ar ddim ac mi fydd y ferch
ifanc yn siŵr o gael hyd i'w ffordd adre.'

'Bydd, reit siŵr,' meddai'r Ustus, gan godi ei
ysgwyddau yn ddirmygus. 'Does dim amheuaeth

am hynny, a'r peth cynta wnaiff hi fydd gwthio trwy'r clogwyn fel y gwnaeth hi'r tro o'r blaen a'r ecseismyn yn dynn wrth ei sodlau!'

'Efallai,' meddai Gruffydd Ellis yn gyndyn. 'Ond erbyn y bydd hynny'n digwydd, mi fyddwn wedi clirio'r gell ac wedi cau'r llwybr rhyngddi a'r dafarn. Dim ond rhoi tro ar y fodrwy sydd y tu ôl i'r drws, fel y gwyddoch, ac mi fydd y garreg lefn yn dynn ar y pared.'

Yr oedd yn hawdd gweld fod geiriau Gruffydd Ellis yn dylanwadu ar yr Ustus, er na fynnai gyfaddef hynny. Gwyddai na fuasai Gwen yn ei adnabod pe digwyddai iddynt gyfarfod ar ôl hyn, am y rheswm na fuasai ef ei hun byth yn ei hadnabod hi. Gwyddai mai geneth a welodd yn sefyll yng ngwyll y gell, ond nid oedd ganddo'r syniad lleiaf pa fath un ydoedd. Byddai'n ddigon hawdd iddo hefyd ddiflannu yn y tywyllwch ar y rhostir, tra byddai'r eneth yn datod y mwgwd. A phwy fyddai'n dychmygu fod yna risiau ym Muriau'r Wylan, o bob man!

'Ond lle'r awn ni â'r casgenni?' meddai'n ansicr. 'Rydan ni rhwng dau dân, ac o'r ddau . . .'

Tawodd a syllodd yn fud i'r tân am ychydig.

'Fiw i ni eu cadw nhw yn Nhafarn y Cei,' meddai wedyn. 'Y peth cyntaf a wnâi gwŷr y gyfraith fyddai chwilio'r lle o'r top i'r gwaelod.'

'Rhaid mynd â nhw i'r Ddraig,' meddai Gruffydd Ellis. 'Mi wn y bydd gwaith treiglo arnyn nhw ar hyd y traeth, a mwy o waith byth i'w cario i fyny'r llwybr i ben yr allt. Ond does mo'r help am hynny. Mi fydda innau wedi ymorol am y wagen a'r ychen

i'w disgwyl ar y top i fynd â nhw draw acw i'r
Ddraig. Rhaid i ni ddim pasio tŷ na thwlc, ond mi
fydd yn rhaid i ni rybuddio'r criw i fod yn Nhafarn y
Cei wedi iddi nosi. Eich rhan chi yn y busnes,
Ustus, fydd rhyddhau'r eneth, gwadd yr ecseismyn
yma i'r Faenor i swper heno a dal pen rheswm efo
nhw. Mi wnawn ni'r gweddill. Gwared y gwirion!
Beth pe bai Catrin yn gwbod am yr hogan bach yna
yng Nghrochan y Smyglwyr ers yr holl oriau! Mi
fyddai wedi hanner fy lladd! Ydach chi'n siŵr,
Ustus, fod yna ddigon o fwyd a diod iddyn nhw, a
llygedyn o olau?'

'Rydw i wedi dweud wrthych chi o'r blaen fod yno
ddigon o bob dim iddyn nhw,' meddai'r Ustus yn
oerllyd, ac yr oedd yn amlwg nad oedd y celwydd yn
poeni dim arno. 'Ond tybed ydi grisiau Muriau'r
Wylan yn glir? Cofiwch fod blynyddoedd er pan fu
neb yn eu dringo. Ydach chi'n cofio ym mha ben i'r
clwysty y mae'r garreg sy'n cau ar y grisiau? Ond o
ran hynny, fydd dim eisio i chi fod ar gyfyl y lle.
'Rargian! Dyna gawod arall yn dechrau!'

Gyda'i bod yn dywyll aeth yr Ustus, a mwgwd yn
ei law, i Dafarn y Cei. Yr oedd Malen, yr hen wraig
gyhyrog, wedi llwyddo i symud y dodrefn ysgafnaf
o afael y lli. Ond er bod y gwaethaf drosodd yr oedd
yn rhaid i'r Ustus gamu trwy'r dŵr cyn mynd yn
agos at y drws a arweiniai i'r gell.

'Wel, dyma lanast, yntê?' meddai wrth yr hen
wraig. 'Ond mae'n treio, trwy drugaredd. Mi fydd y
criw yma heno. Mi gewch help ganddyn nhw efo'r
dodrefn.' A chyn iddi gael cyfle i holi beth oedd
neges y criw ar y fath noson, yr oedd yr Ustus wedi

cychwyn trwy'r dŵr, orau y gallai, i gyfeiriad y celloedd.

Dwrdiai'n enbyd oherwydd ei fod yn gorfod mynd dros ei liniau i'r llifeiriant weithiau. Ond o'r diwedd cyrhaeddodd y gris uchaf a arweiniai i Grochan y Smyglwyr.

Agorodd y bar rhydlyd a chraffodd i mewn. Rhoddodd gam ymlaen a llygadrythodd i'r gwyll. Yna treiddiodd rhyw gryndod llesmeiriol trwy ei wythiennau.

Er bod y gell dan glo pan gyrhaeddodd yno, yr oedd Crochan y Smyglwyr yn wag!

PENNOD 10

Muriau'r Wylan

Wedi i'r drws gau ar Gwen yng Nghrochan y Smyglwyr, ni allai, yn ei dychryn, ddirnad am ychydig beth oedd wedi digwydd. Ond yn raddol, fel y dechreuai sylweddoli, daeth ofn i'w meddiannu. Yr oedd hi a Nia fach wedi eu carcharu gan ryw wallgofddyn ym mherfeddion y creigiau. Pwy, O pwy, oedd yr adyn oedd yn gyfrifol am hyn?

Dechreuodd guro'r drws haearn â'i dyrnau, gan erfyn am gael ei gollwng yn rhydd. Ond gwyddai mai gwaith ofer oedd hynny a bu'n rhaid iddi roi'r gorau iddi cyn hir mewn anobaith llwyr. Cych-wynnodd gerdded yn araf a gofalus o gwmpas y gell fechan i geisio amgyffred lle'r oedd. Yr oedd yn dywyll fel y fagddu a rhaid oedd ymestyn ei braich yn syth o'i blaen rhag iddi daro yn erbyn rhywbeth. Gafaelai yn dynn yn llaw Nia â'r llaw arall.

Yn raddol, deallodd fod to isel y gell yn fwaog ac mai yn y canol yn unig y gallai sefyll yn syth. Gwibiai'r syniad i'w meddwl ei bod wedi ei chladdu'n fyw, a bod tunelli ar dunelli o graig a daear uwch ei phen, a bu bron iddi â mynd yn orffwyll. Fe'i teimlai ei hun yn mygu a thasgai'r chwys yn berlau o'i thalcen. Ond y funud honno dechreuodd Nia fach grïo yn ei dychryn a da i Gwen oedd iddi wneud hynny. Daeth ei meddwl yn ôl at yr eneth fach fel y cymerai hi yn ei breichiau a daeth rhyw lygedyn o obaith i'w chalon hithau wrth iddi geisio ei chysuro.

'Mae Nia fach a Gwen am aros yn y fan yma i gysgu am sbel fach,' meddai. 'Wedyn mi ddaw Mam a Margiad efo gola i fynd â ni adra.'

'A Pwsi bach hefyd,' meddai Nia. 'Lle mae Pwsi bach Nia?'

Ond nid oedd y gath ar gael. Ymbalfalodd Gwen amdani yn y tywyllwch, ond nid oedd hanes ohoni yn unman. Ailddechreuodd Nia grïo, ac nid oedd modd ei chysuro. Yr oedd ei bochau yn wlyb ac yn boeth fel y tân. O, beth pe digwyddai iddi farw cyn y gwelent olau dydd! Arthur? Tybed a ddeuai Arthur ar draws rhywbeth a wnâi iddo amau lle'r oeddynt? A lle'r oedd Lowri? A oedd y defnydd glas ar y fieren o hyd, tybed? Na, cofiai ei bod hi ei hun wedi ei daflu o'r neilltu yn ei brys. Ond hwyrach fod tamaid o'i gwisg ei hun wedi glynu wrth ddraenen.

Yr oedd yn cofio clywed sŵn rhwygo wrth ymwthio trwy'r prysglwyn. Tybed? Tybed?

Cydiai ym mhob llygedyn o obaith i'w chadw rhag meddwl am yr ogof, ond yn ofer. Yr oedd wedi ei chladdu yn fyw! O'r nefoedd! Beth na roddai am fymryn o olau! Lle'r oedd y gannwyll a oedd ganddi'n cychwyn drwy'r agen? Lle'r oedd y blwch tân? Yn ei llawenydd o ddarganfod Nia, yr oedd wedi eu gadael ar ben y gasgen yn y gell fawr.

Casgen? Yr oedd wedi mynd yn ddiarwybod i ffau'r smyglwyr! Smyglwr oedd y dyn a'i carcharodd, wrth gwrs, nid gwallgofddyn fel y tybiodd ar y cyntaf. Pwy oedd o, tybed? Go brin y buasai hi yn ei adnabod pe deuai ar ei draws ryw dro, ac eto dywedai rhywbeth wrthi ei fod yn fonheddwr. Ond go brin y byddai bonheddwr yn gwneud yr hyn a wnaeth hwn! Beth oedd ei fwriad, tybed? Doedd bosib ei fod am adael iddi drengi yn y tywyllwch dudew hwn! Beth oedd ei eiriau olaf ar ôl cau'r drws? Ddaeth neb allan o Grochan y Smyglwyr yn fyw!

Daeth ton o'r ofn gwallgof drosti eto. Yr oedd ei hymennydd ar dân! Yr oedd yn mynd yn orffwyll! Yr oedd yn mygu yn y tywyllwch! O, beth a wnâi? Beth a wnâi?

Yr oedd Nia fach wedi ymlâdd yn crio ac wedi syrthio i gwsg anniddig. Tynnodd Gwen ei mantell a rhoddodd yr eneth fach i orwedd arni. Rhedodd ei llaw dros y muriau llaith i chwilio am agen neu grac yn rhywle. Ond ni allai deimlo dim ond llyfnder y graig o dan ei bysedd. Yr oedd pob man fel pe bai wedi ei selio. Ac yr oedd syched arni—syched ofnadwy.

Tybiodd ei bod yn clywed sŵn dŵr yn rhywle, a gwnâi hynny hi yn fwy sychedig. Sŵn dŵr! Nid oedd wedi ei glywed o'r blaen. Beth na roddai am ddafn bach ohono!

Nid oedd yn cofio gweld dŵr yn y celloedd, er y cofiai yn awr iddi glywed bwrlwm dŵr dros greigiau yn y pellter. Ond yr oedd y sŵn yma yn agos, a chlywai sŵn rhyfedd arall hefyd. Sŵn curo morthwyl ar gist wag! Tybed a oedd rhywun o fewn cyrraedd? Tybed a oedd yna rywun a wnâi agor iddi? Oni fyddai'n well iddi alw am help? Yr oedd yn werth treio! Ond pe gwaeddai, byddai Nia fach yn siŵr o ddeffro i ddychrynfeydd y tywyllwch ofnadwy unwaith eto.

Daeth y sŵn wedyn! Sŵn taro gwag, mud, pren yn taro yn erbyn pren, a sŵn dŵr yn llifo. O, beth na roddai am lymaid bach ohono!

Daeth rhuthr o ofn direol drosti unwaith eto. O'r nefoedd! Yr oedd ei synhwyrau yn pallu. Yr oedd trymder dudew y gell gyfyng yn ei llethu! Yr oedd yn mygu! Ni allai anadlu!

Disgynnodd ar ei gliniau wrth ochr yr eneth fach, a dechreuodd weddïo. Yn raddol, llonyddodd, ymdawelodd, ac ymhen ychydig amser yr oedd yn cysgu'n esmwyth wrth ochr Nia fach yng Nghrochan y Smyglwyr.

Y funud honno, yr oedd Arthur Llywelyn yn rhedeg at Furiau'r Wylan, heb fod nepell uwchben Gwen a Nia fach, i gysgodi rhag cawod o genllysg a hyrddiai am ei ben fel cerrig miniog. Gwyddai

Arthur nad oedd fawr o gysgod i'w gael yn y Muriau gan fod y to wedi disgyn ers blynyddoedd a'r murddun, dan ei orchudd o chwyn ac eiddew, yn agored i'r ddrycin, ond nid oedd unman gwell yn ymyl.

Yr oedd haen drwchus o eiddew yn plethu drwy'r muriau oddi mewn ac allan a mieri ac ysgall yn ymwthio trwy'r rhigolau rhwng y cerrig llyfnion lle penliniai'r brodyr gynt. Nid âi'r pentrefwyr yn agos at y lle ar gyfrif yn y byd. Yr oedd arnynt ormod o ofn y bwganod a'r ysbrydion i fentro yn agos i'r adfeilion llwyd, diarffordd.

Ymwthiodd Arthur o dan foncyff oedd ag eiddew wedi ymglymu'n drwch o'i gwmpas. Yr oedd cysgod lled dda yno a swatiodd i aros i'r gawod fynd heibio, cyn ailddechrau chwilio am y ddwy.

Ni allai yn ei fyw feddwl beth oedd wedi digwydd iddynt. Daeth y Brodyr Llwydion i'w feddwl. Tybed oedd a wnelo'r Brodyr rywbeth â'r peth? Ond nid dyna ddull y Brodyr o weithredu. Byddent hwy yn fwy parod o lawer i helpu rhai mewn angen.

Fel yr eisteddai yno, a'r dŵr yn diferu oddi ar yr eiddew uwch ei ben, tybiodd ei fod yn clywed rhyw ru trymllyd, gwag, nad oedd yn perthyn dim i'r rhyferthwy o'i gwmpas. Ai taranau a glywai? Os felly, taranau tanddaearol oeddynt. Nid sŵn y môr yn yr ogofau ydoedd, chwaith, oherwydd yr oedd yn hen gynefin â'r dwndwr hwnnw. Yr oedd y sŵn yma ym mherfeddion y ddaear oddi tano. Tynnodd doreth o'r tyfiant o gwmpas ei draed a gorweddodd ar y cerrig gwlyb i glustfeinio, heb falio mymryn yn y storm o'i gwmpas. Daeth y sŵn i'w glustiau drachefn. Rhyw ru trymllyd, bygythiol ydoedd, fel swn dwy gist wag yn ymdaro. Distawai a llonyddai am ysbaid cyn ailddechrau wedyn. Beth ar y ddaear oedd y cynnwrf anniddig oedd yn cythryblu'r Muriau ar noson mor stormus? A oedd rhywbeth yng nghrombil y ddaear yn cael ei gynhyrfu gan y storm?

Cofiodd yn sydyn am ellyllon y siglen, y bodau hynny a gyniweiriai ar hyd y gwastatir a'r corsydd unig pan fyddai rhyw drychineb ar ddigwydd, a daeth ias o arswyd drosto. Credai'r pentrefwyr yn gryf ynddynt, a dywedai rhai y byddent i'w clywed weithiau yn cynhyrfu crombil y ddaear cyn dod i'r golwg.

Cododd Arthur ddyrneidiau o'r mân dyfiant gwyllt a orchuddiai'r llawr, er mwyn clustfeinio'n well. Tra oedd yn ymbalfalu ymysg y chwyn teimlodd ei fysedd yn cyffwrdd modrwy fechan a oedd yn dynn yn un o'r cerrig. Ymsythodd am ennyd, a'r storm yn cwynfan o'i gwmpas. Yna, plygodd i lawr ar ei liniau a thynnodd yn y fodrwy â'i holl nerth i geisio codi'r garreg, ond yn ofer. Ceisiodd roi tro ynddi, ond prin y symudai, a gwyddai'r bachgen fod rhwd amser wedi amharu arni. Rhoddodd ei holl nerth ar waith, ac wrth ddygnu arni, symudodd y fodrwy, gan wichian yn aflafar.

Wedi hynny llwyddodd Arthur i godi'r garreg yn rhwydd a gwelodd risiau cul, serth yr olwg, wedi eu naddu yn y graig. A'r funud honno, clywodd gath yn mewian bron wrth ei ymyl.

Cath! Yn y fath le! A oedd yn werth mentro i lawr y grisiau llaith garw, i arbed bywyd cath, tra oedd bywydau Gwen a Nia fach yn galw am ei holl egni a'i amser! Nid oedd dirgelwch yn y byd ynglŷn â'r grisiau, ym meddwl Arthur. Perthynent i'r dydd-iau pan fyddai'r myneich yn mynd i ryw gelloedd tanddaearol i wneud penyd. Beth bynnag oedd yn achosi'r sŵn taro mud oddi tano, nid oedd â wnelo diflaniad Gwen ddim ag ef, ac nid oedd ddiben yn y byd ymdroi uwchben y grisiau a agorai o'i flaen, ddim munud yn hwy. Yn ôl pob golwg, nid oeddynt wedi eu defnyddio er adeg Gwylaeddan ei hun, ac eto, yr oedd cath ddiniwed mewn caeth gyfle yno yn rhywle.

Aeth Arthur i lawr. Yr oedd tomennydd o gerrig wedi disgyn yma ac acw ar y grisiau ond aeth yn ei flaen drostynt yn ofalus a chafodd hyd i'r gath ar astell gul o graig heb fod ymhell o'r gwaelod. Gafaelodd ynddi, ac yr oedd ar fedr troi yn ôl pan glywodd y sŵn taro bron wrth ei draed. Aeth yn ei flaen rhag ofn fod yno rywbeth arall mewn anhawster. Pan gyrhaeddodd y gwaelod gwelodd gell fawr yn ymagor o'i flaen. Yr oedd dan ddŵr, a chasgenni gweigion yn nofio ar yr wyneb gan daro yn awr ac eilwaith yn erbyn ei gilydd. Deallodd Arthur mai atsain y taro oedd y cynnwrf a achosodd y fath benbleth iddo.

Wrth graffu drwy'r lled dywyllwch, gwelai res o gasgenni llawnion yn dal eu tir, heb i'r llanw effeithio dim arnynt. Safent yn ddiysgog a fflach-iodd trwy feddwl y llanc ei fod, yn hollol anfwr-iadol, wedi darganfod encil smyglwyr y traeth. Byddai'n well o lawer ganddo pe bai heb wneud hynny.

Edrychodd ar y gath. O ble'r oedd hi wedi dod, tybed? Nid oedd wedi bod yno'n hir, yr oedd yn rhy lyfndew i hynny. Sylweddolodd Arthur mai i Dafarn y Cei yr arweiniai'r llwybr a oedd yn awr o dan ddŵr. Yr oedd yn bur debyg, felly, mai o'r dafarn y daeth y gath, wrth sodlau rhai o'r gwŷr. Methai â deall sut y bu cyhyd heb ddod i wybod am y llwybr hwn ac yntau wedi bod yn amau, ac yn sicr erbyn hyn, fod a wnelo ei ewythr, yr Ustus, rywbeth â smyglwyr y traeth. Nid oedd hynny yn poeni rhyw lawer ar Arthur, oherwydd ni chyfrifid rhedeg nwyddau di-doll yn rhyw bechod mawr iawn gan neb trwy'r wlad ond gan yr awdurdodau eu hunain. Yr oedd y gosb am y trosedd, fodd bynnag, yn un drom iawn.

Ond nid oedd amser i'w golli yn awr, a Gwen a'r eneth fach ar goll o hyd. Trodd ar ei sawdl ar waelod y grisiau a chychwynnodd esgyn yn ôl. Ond y funud honno, llithrodd y gath fach o'i freichiau a syrthiodd i'r dŵr. Yn ei dychryn, crafangodd i ben casgen wag a siglai'n beryglus o ochr i ochr ar yr wyneb, a bu'n rhaid i Arthur gamu'n ôl i ganol y lli i'w hachub.

'Gwrando di, pws. Os wyt ti am fynnu boddi dy hun, mi gei wneud hynny y tro nesaf cyn y gwna i beth fel hyn eto,' meddai wrth y gath, gan ei chodi oddi ar wyneb y gasgen.

Ond wrth wneud hynny, gwelai ddarn o gannwyll yn sownd ar y gasgen, a blwch tân wedi llithro i gysgod y cylch a'i hymylai.

Edrychodd y bachgen mewn syndod ar y gannwyll. Nid oedd modd ei chamgymryd. Un o ganhwyllau Margiad ydoedd! Yr oedd yn fyrrach, yn fwy ei chylchedd ac yn felynach na chanhwyllau cyffredin ac yr oedd Arthur wedi gweld rhai o'i bath yn lantern y Dryslwyn gan Margiad yn y pentref fwy nag unwaith. Ac nid eiddo'r smyglwyr oedd y blwch tân, chwaith. Yr oedd yn un arian wedi ei foglynnu.

'Gwen!' gwaeddodd dros y lle. 'Gwen! Gwen!' A chlywai lais Gwen yn ei ateb o'r ochr arall i ddrws haearn â bar cryf arno.

Mewn eiliad, yr oedd Arthur yn agor y bar rhyd-lyd, a bron na ddisgynnodd Gwen i'w freichiau.

'O, diolch i Dduw,' meddai'r eneth yn floesg. 'Diolch i Dduw!'

Pan ddaeth dipyn ati ei hun, cymerodd Arthur Nia fach oddi arni, ac er bod y syched, yr awyr amhur a'r dychryn wedi amharu ar yr eneth fach, gloywodd ei llygaid pan welodd ei chath fach a thynnodd hi ati.

'Pwsi bach Nia,' meddai'n fodlon, gan ei gwasgu yn ei breichiau.

Caeodd Arthur y bar yn ôl ar ddrws haearn y Crochan. Yr oedd ganddo reswm dros wneud hynny.

'Wn i ddim beth a'm harweiniodd i Furiau'r Wylan heno i gysgodi,' meddai. 'Mi allwn fod wedi cael gwell cysgod yn un o'r ogofau.'

'Mi wn i,' sibrydodd Gwen. 'Duw ddaru ateb gweddi.'

PENNOD 11

Damwain Eban

Ymhen rhyw ddeuddydd yr oedd Gwen wedi dod ati ei hun ar ôl yr hunllef yng Nghrochan y Smyglwyr, ac o gwmpas ei phethau, chwedl Margiad. Ond yr oedd effeithiau'r digwyddiad a'r dychryn wedi amharu ar Nia fach ac yr oedd mewn twymyn. Chwysai'n chwilboeth un munud, ac yna crynai nes bod ei dannedd bach yn rhincian.

Ni symudai Lowri na Gwen oddi wrth ei gwely. Gwylient hi'n symud ei phen melyn yn ôl ac ymlaen yn anniddig, gan daflu'r cwrlid ymhell oddi wrthi pan ddeuai'r poethder chwyslyd drosti, ar ôl pwl o grynfeydd nes bod ei gwefusau'n glasu.

'Mi rown i unrhyw beth am gael gafael ar y dihiryn sy'n gyfrifol am hyn,' meddai Lowri gan gau ei dyrnau mor ffyrnig nes gwynnu ei migyrnau. 'Mi fuaswn i'n ei setlo fo fy hun, heb help neb, 'tawn i'n cael 'y nwylo arno fo. Fedri di mo'i ddisgrifio fo i mi? Treia, wir!'

'Fedra i ddim, Lowri. Roedd popeth mor aneglur yn y llwydni,' atebodd Gwen. 'Mi wn ei fod o'n dal a ddim yn ifanc iawn. Ond mi fydd gan yr awdurdodau well amcan na mi ble i chwilio amdano. Roedd Arthur yn deud yr un geiriau yn union â thi wrth ein danfon adref ac yn crefu arna i dreio ei ddisgrifio.'

'Yr awdurdodau, ddwedaist ti?' meddai Lowri ar unwaith. 'Wyt ti wedi sôn wrth rywun heblaw Arthur a ninnau am y peth?'

'Naddo, wrth gwrs,' atebodd Gwen. 'Fûm i ddim cam o'r tŷ 'ma, fel y gwyddost ti. Be' wyt ti'n feddwl ddylwn i ei wneud? Ynglŷn â'r smyglo ydw i'n feddwl.'

'Dim byd,' meddai Lowri mor ddibetrus nes peri i Gwen ryfeddu wrth glywed yr ateb pendant, annisgwyl. 'Gad lonydd i bob dim fel y maen nhw. Wnei di les yn y byd i neb wrth achwyn. Mi fydd raid meddwl cryn dipyn cyn tynnu helynt ar ben teuluoedd yr ardal. 'Y marn bendant i ydi bod yn well i ti adael gwŷr y gyfraith yn lle maen nhw. Yr ecseismyn ydw i'n feddwl, wrth gwrs. Er cymaint wyt ti a Nia wedi ei ddiodda oherwydd un adyn creulon dideimlad, does wybod yn y byd pa helbul dynnwn ni ar ben merched a phlant diniwed y pentra os eiff eu gwŷr a'u tadau nhw i afael y gyfraith. Y diniwed sy'n diodda bob amser.'

Gwrandawodd Gwen ar ei chwaer mewn syndod. Ond yn sydyn, daeth fflach o amheuaeth i'w meddwl. A oedd gan Lowri ryw reswm dros geisio amddiffyn y smyglwyr? Tybed a oedd Richard yn un ohonynt? Fedrai Gwen ddim meddwl am unrhyw reswm arall allai wneud Lowri mor llariaidd tuag atynt, a hwythau—o leiaf un ohonynt—wedi achosi'r fath ddioddef i'r plentyn y rhoddai Lowri ei bywyd drosti yn llawen.

Edrychai Gwen ar ei chwaer fel y siaradai. Yr oedd llygaid tywyll Lowri yn llawn pryder ac ing. Yn sydyn, torrwyd ar ddistawrwydd llethol ac anghynefin y tŷ gan sŵn traed prysur yn dod at ddrws yr ystafell. Agorwyd y drws a daeth Margiad i mewn yn llawn cyffro.

'Ddoi di i lawr i'r gegin am funud bach, Lowri,' meddai'n gynhyrfus. 'Roeddwn i ar gychwyn i'r pentra at yr apothecari i nôl y ddiod y mae o'n ei gymysgu i Nia, ond mae Eban newydd ddŵad i'r tŷ wedi brifo ei fraich yn o egr efo'r fwyall. Fedra i wneud dim â briwiau.'

'O Dduw! Be' sy' wedi digwydd?' meddai. A rhedodd allan o'r ystafell heb gymaint a rhoi un edrychiad ar yr eneth fach.

Edrychodd Gwen ar ei hôl mewn syndod mud. Beth oedd ar Lowri? Oedd hi wedi drysu? A oedd tipyn o friw ar fraich Eban yn fwy o bwys na bywyd Nia fach? Oni allai Margiad drin braich Eban yn iawn?

'Ydi o wedi brifo llawer?' gofynnodd. 'Fyddai'n well i mi redeg i lawr i'r pentra i ofyn i'r apothecari ddod yma i'w weld o?'

'Ddim ar gyfri yn y byd,' atebodd yr hen wraig. 'Mi wnaiff Lowri bopeth sydd eisio ei wneud. Dydi'r briw ddim yma nac acw, weldi, ond 'y mod i'n un sâl efo pethau fel yna. Ond mi gei fynd yn fy lle i i'r pentra, os ei di, 'ngeneth i. Mae 'nghoesau i yn crynu dana i. Dos i nôl y cyffuriau i'r eneth fach yma. Mae hi'n llawer gwell heno, digon hawdd gweld. Sbia mor fyw ydi ei llygaid hi! Ond mae'n hwyr glas iddi gael y ffisig. A chyn dod yn ôl, picia cyn belled â Thafarn y Ddraig, a gofyn i Catrin Ellis oes ganddi hi dipyn o oel Eryri yn digwydd bod. Mae o'n ddiguro at friwiau ac mi fydd Catrin Ellis yn cadw peth wrth law bob amser. Cofia, paid â sôn am ddamwain Eban wrth 'run enaid byw heblaw Catrin Ellis.'

'Pam?' holodd Gwen, yn llawn chwilfrydedd. 'Pa ddrwg sydd mewn deud peth mor ddibwys?'

'Am nad oes arnon ni eisio i neb wybod ein hanes ni,' meddai Margiad yn swta. 'Does arnon ni ddim eisio gweld rhyw bethau straegar yn crwydro yma i holi am Eban. Gorau po leiaf i neb wybod amdanon ni yn y fan yma. Mi fuaswn i'n meddwl dy fod ti wedi bod yma'n ddigon hir bellach i sylweddoli hynny. Dos rhag blaen, Gwen, a chymer y lantar sydd yn y porth mawr. Paid â mynd ar gyfyl Eban rŵan, cofia.'

Yr oedd Gwen wedi arfer ufuddhau i Margiad erioed ac ni ddaeth i'w meddwl i wneud dim yn wahanol yn awr. Rhoddodd ei mantell amdani ac aeth trwy'r drysni i gyfeiriad y pentref a'i meddyliau ar chwâl. Methai â deall pethau. Pam na châi hi fynd yn agos at Eban, a Lowri yn cael mynd? Gallai oddef edrych ar friw bron cystal â Lowri.

Penderfynodd dderbyn cyngor ei chwaer a pheidio â sôn wrth neb am yr hyn a ddigwyddodd yng Nghrochan y Smyglwyr. Gwyddai fod ysbïwyr yr awdurdodau yn britho'r glannau a bod digon o ddefnydd tân o'i chwmpas yn barod, heb iddi hi wneud dim i gychwyn y fflam. Yn sicr, nid oedd hi yn dewis bod yn gyfrifol am ddod â helynt i aelwydydd yr ardal. Gwyddai fod Arthur yn cyd-weld â hi hefyd. Nid oedd wedi ei weld er y noson fythgofiadwy yn y Crochan, ond pan oedd yn ceisio adrodd yr hanes yn fratiog wrtho ar y ffordd adref, ei brif awydd oedd cael gafael ar yr adyn a oedd wedi achosi'r helynt, ac nid cosbi'r smyglwyr.

Cerddodd yn gyflym i gyfeiriad y pentref dan gysgod y coed a daflai eu brigau fel pont dros y ffordd gul. Yr oedd gelltydd coediog o boptu i'r ffordd, ac yr oedd y gwynt a nadai rhwng y brigau yn dechrau hyrddio eira. Wedi cael y cyffur, aeth Gwen ymlaen i Dafarn y Ddraig. Yr oedd bron â bod yn amser y goets fawr, a phrysurdeb i'w weld ar bob llaw ym muarth y dafarn. Gwibiai'r gweision yn ôl a blaen o stabl i stabl â'u llusernau yn eu dwylo, a disgleiriai'r pelydrau ar y llwyni coed dan eu gorchudd ysgafn o eira nes eu trawsnewid yn brennau gwlad hud.

Safai ceffyl o flaen drws un o'r stablau ac ager yn codi'n fwg oddi wrtho, a dringai Gruffydd Ellis i lawr grisiau llofft stabl dan ei faich o harneisiau. Disgynnodd ei lygaid ar Gwen, a rhoddodd ei bwn i lawr yn frysiog ar garreg farch a oedd yn ymyl cyn cerdded ati.

'Roeddwn i'n dyheu am eich gweld,' meddai wrthi. 'Ga i siarad gair neu ddau efo chi cyn i chi fynd i'r tŷ at Catrin?'

Edrychodd Gwen arno mewn peth syndod.

'Cewch, wrth gwrs,' meddai. 'Ond efo Catrin Ellis mae fy neges i heno.'

'Ie, ie, ond dowch i mewn am funud y ffordd yma,' meddai Gruffydd Ellis gan agor drws yn nhalcen y tŷ. Arweiniodd hi i barlwr bychan, clyd, a fflamau'r tanllwyth tân ar ei aelwyd yn disgleirio ar lestri'r dresel ddu. Eisteddodd Gwen ar y gadair freichiau o flaen y tân a thaflodd Gruffydd Ellis foncyff arall i ganol y fflamau.

'Ddaw 'na neb i'r fan yma nes daw'r goets i mewn,' meddai braidd yn betrus. 'Mae 'na gymaint o fynd a dod yn y llefydd eraill.'

Daeth rhyw beswch i'w wddf, yna rhuthrodd i'w sgwrs yn frysiog.

'Eisio siarad efo chi ynglŷn â'r anffawd a ddigwyddodd i chi a'r eneth fach yng Nghrochan y Smyglwyr sydd arna i.'

Edrychodd Gwen arno mewn syndod. Yr oedd yn amlwg fod Gruffydd Ellis wedi cyffroi. Ni thybiai hi fod neb yn gwybod dim am y digwyddiad ond teulu'r Dryslwyn ac Arthur. Pwy, felly, oedd wedi dweud am y peth wrth Gruffydd Ellis? Arhosodd iddo fynd ymlaen â'i gwrs.

'Mi wn am eich helynt chi yng Nghrochan y Smyglwyr,' meddai'n drwsgl. 'Fynswn i am y byd i'r peth ddigwydd, ond rydw i am ofyn un gymwynas gennych chi. Hwyrach ei bod hi'n afres-ymol, a chysidro'r hyn yr aethoch chi drwyddo yn y lle ofnadwy yna.'

Daeth rhyw dagfa yn ôl i'w wddf, ac er bod ganddo ddigon o eiriau ar flaen ei dafod, methai'n lân â'u dweud. Gwelodd Gwen ei anhawster.

'Ie, ewch ymlaen, Gruffydd Ellis,' meddai'n garedig. 'Be' ydi'r gymwynas? Fe'i gwnaf â chroeso, os medra i.'

Atebodd Gruffydd Ellis hi trwy ofyn cwestiwn arall.

'Ddaru chi ddweud wrth rywun am yr hyn ddig-wyddodd y noson o'r blaen yn y celloedd? Ddaru chi sôn wrth rywun am y casgenni a'r nwyddau welsoch chi?'

'Do,' meddai hithau ar amrantiad, a gwelwodd wyneb Gruffydd Ellis. Rhoddodd ochenaid ddofn, a phrysurodd Gwen i egluro. 'Do, mi ddywedais wrth Lowri fy chwaer, ac wrth Eban a Margiad. Ac wrth gwrs, mae Arthur yn gwybod. Ond ŵyr neb arall ddim.'

'Maen nhw i gyd yn sâff!' meddai Gruffydd Ellis a'i lygaid yn gloywi. 'Diolch byth! Wel, dyma'r gymwynas. Wnewch chi addo peidio â sôn wrth undyn byw am yr hyn welsoch chi? Fedrwch chi ddim gwella pethau wrth ddweud wrth yr awdurdodau, ond mi fedrwch ddod â thrybini a phoen ar ben rhai o'ch ffrindiau pennau wrth wneud.'

Fflachiodd yr amheuon drachefn i feddwl Gwen. Tybed a fedrai gael sicrwydd gan Gruffydd Ellis, heb ei enwi, wrth gwrs, fod a wnelo Richard rywbeth â'r smyglwyr a'i fod yn nes atynt yn y Dryslwyn nag y breuddwydiai neb? Gwyddai'n eithaf da nad oedd a wnelo Richard ddim byd â'i charchariad hi a Nia fach yn y gell ddychrynllyd honno. Dyn hollol ddieithr i Gwen oedd yn gyfrifol am hynny. Ond gwyddai hefyd, os syrthiai un o'r smyglwyr, y syrthiai'r cwbl ohonynt! A beth a ddeuai o Richard, yn anad neb?

'Rydw i'n addo i chi, Gruffydd Ellis—yn wir, mi wnaf lw, os mynnwch chi—na sonia i yr un gair wrth neb byth am y peth,' meddai Gwen yn ddifrifol. 'A dweud y gwir, rydw i wedi gwneud yr un addewid yn union i Lowri, ac o ran hynny, i Arthur hefyd. Mae'n syn fod y tri ohonoch chi, ar wahân i'ch gilydd, wedi erfyn arna i i beidio â sôn gair wrth neb am y peth.'

Aeth ias o gryndod trwy holl gorff yr eneth wrth feddwl am yr oriau maith o anobaith du a'r ofn dilywodraeth a'i meddiannodd yng Nghrochan y Smyglwyr.

'Diolch yn fawr i chi,'ngeneth annwyl i,' meddai Gruffydd Ellis. 'Does gennych chi ddim syniad faint o dawelwch meddwl mae hyn yn mynd i'w roi i'r dynion. Mi allai un gair o'ch genau chi eu rhoi nhw i gyd mewn helbul mawr. Gwarchod ni! Mae arna i arswyd wrth feddwl am y trychineb allai ddigwydd—ac mae'r cwbl yn eich dwylo chi.'

'Mi ellwch fod yn dawel eich meddwl, Gruffydd Ellis,' meddai Gwen. 'Ddaw neb i drwbl drwydda i. Ond mae gen innau un cwestiwn y carwn i chi ei ateb. Dydw i ddim am i chi fradychu neb, wrth gwrs, a wna innau ddim enwi neb. Ond bwriwch chi 'mod i wedi rhoi'r mater yn nwylo'r awdurdodau, fasa hynny yn dod â gwarth ar rywun sy'n hoff gen i? Un sydd yn hollol ddiniwed ei hun, ond fyddai'n dod o dan y gwarth a'r boen, serch hynny?'

'Rydach chi wedi rhoi'r peth mor blaen â'r haul ar ganol dydd, heb enwi neb,' atebodd Gruffydd Ellis. 'Dyna'n union be' fyddai'n digwydd pe byddech chi'n dweud wrth yr ecseismyn am yr hyn welsoch chi yn y gell. Dyna ni yn dallt ein gilydd rŵan, yntê?'

Yr oedd hi'n iawn, felly. Yr oedd Richard yn un o smyglwyr y glannau, ac wrth ei arbed yr oedd yn arbed yr un oedd mor hoff ganddi, Lowri.

Ond nid am Lowri yr oedd Gruffydd Ellis yn meddwl, ond am Arthur!

PENNOD 12

Tegan Nia Fach

Yr oedd Catrin Ellis yn brysur fel arfer, â'i llewys wedi eu torchi'n uchel pan aeth Gwen ati i'r gegin. Gwelai bastai colomennod fawr ar y drybedd o flaen y tân, yn cadw'n boeth ar gyfer teithwyr y goets, ac yr oedd un arall ar ganol ei pharatoi ar y bwrdd.

Synnodd Catrin Ellis weld Gwen i lawr yn y pentref ar gyfnos mor ddu, a'r ffordd mor unig rhwng y Dryslwyn a Thafarn y Ddraig.

'Be' ddaeth â chi i lawr ar y fath noson, deudwch?' meddai. 'Mae hi'n bygwth eira, medda'r genod 'ma.'

'Ydi, mae'r palmant o flaen y stablau yn gwynnu'n gyflym,' meddai un o'r morynion, a ddigwyddai fod o fewn clyw. 'Ond fydd o ddim yn wyn yn hir iawn pan ddaw'r goets i mewn, a'r ceffylau yn cael eu newid.'

'Ffordd ddaethoch chi? Trwy'r pentref?' holodd Catrin Ellis, ac ysgydwodd Gwen ei phen.

'Na, trwy'r ffordd goed. Mae hi gymaint yn fyrrach,' atebodd.

'Ydi, mae hi'n fyrrach o lawer, ond ei bod hi'n fwy trymllyd,' meddai Catrin Ellis. 'Sut mae'r eneth fach heno?'

'Rhywbeth yn debyg,' atebodd Gwen. 'Mae gen i ffisig llysiau iddi yn fy mhoced, i dynnu'r gwres i lawr. Dyna ddaeth â fi i'r pentra heno.'

'Mae o'n beth ardderchog at y dwymyn. Mi wn amdano'n iawn,' meddai Catrin Ellis. 'Rhyw gymysgfa o chwerwlys yr eithin a llysiau'r mêl ydi o, ac mae mynd garw arno fo, medda'r apothecari. Dewch yn nes at y tân, da chi. Steddwch ar y gadair fan yna. Mi wna i gwpaned o de poeth i chi, i'ch cario chi adra.'

'Na, dim diolch. Does gen i ddim amser,' meddai Gwen. 'Eisio'ch gweld chi oedd arna i. Margiad ofynnodd i mi ddŵad cyn belled ag yma i ofyn oes gennych chi dipyn o oel Eryri gaiff hi.'

'Oel Eryri?' meddai Catrin Ellis yn ara deg, gan sychu ei dwylo blodiog yn ei ffedog a throi at y morynion.

'Nansi, dos i'r bragdy i nôl y medd a'r seidr. Sioned, dos i nôl dŵr glân o'r pistyll. Riwth, picia i'r tŷ mawn i nôl dipyn o danwydd.'

Ni chymerodd ond eiliad iddi roi'r genethod ar waith yn ddigon pell o'r gegin, fel nad oedd neb ond Gwen a hi ar ôl.

'Wel,' meddai'n gwta, 'ar bwy yn y Dryslwyn y mae angen oel Eryri? Pwy sy' wedi brifo acw?'

'Eban,' atebodd Gwen. 'Mae o wedi brifo ei fraich yn arw efo'r fwyall . . .'

'Sobrwydd annwyl!' meddai Catrin Ellis cyn iddi orffen. 'Eban wedi brifo!'

Cyn iddi holi rhagor syrthiodd un o'r colomennod, a oedd yn barod i fynd i'r bastai, ar lawr. Plygodd Catrin Ellis i'w chodi, ond yr oedd wedi mynd ymhell o dan y bwrdd. Bu'n ymbalfalu amdani am ychydig, a phan gododd i fyny, cymerodd drafferth i sychu'r aderyn yn lân cyn ail-gychwyn siarad.

'Ydi o wedi brifo llawer?' holodd yn eithaf didaro. 'Welsoch chi o?'

'Naddo,' atebodd Gwen, 'ond dydw i ddim yn meddwl ei fod o'n ddrwg iawn. Mi ddeudodd Margiad i ddechrau ei fod o wedi brifo'n egr. Ond pan holais hi wedyn, dyma hi'n deud nad oedd o nac yma nac acw.'

'Mae o'n rhy hen o lawer i gyboli efo rhyw erfyn fel yna,' meddai Catrin Ellis, gan ddal i sychu'r aderyn fel petai ganddi gŵyn yn ei erbyn. 'Bwyall, wir! Mi ddylai Margiad roi ei throed i lawr a rhwystro dyn o'i oed o i ymyrryd â pheth felly. Does yna ddim rheswm yn y peth.' Rhoddodd dro ar y bastai ar y drybedd ac ychwanegodd, 'Er nad ydi o ddim o 'musnes i, waeth i chi heb â sôn wrth Gruffydd nac wrth neb arall chwaith am y ddamwain. Fydd ar Lowri ddim eisio i neb ddod y ffordd acw i edrach amdano fo, a dŵad wnâi pobol gan fod pawb yn y pentra yn gymaint o ffrindia efo'r hen Eban. Felly taw pia hi.'

'Wna i ddim sôn gair wrth neb,' sicrhaodd Gwen hi.

'Dyna fydda orau,' meddai hithau'n frysiog, gan ailsychu ei dwylo yn ei ffedog. 'Mi bicia i i nôl yr oel i chi rŵan. Fydda i ddim dau funud.'

Aeth allan o'r gegin gan adael Gwen yn sefyll yn ei hunfan mewn penbleth. Beth tybed oedd y rheswm fod Lowri, a Chatrin Ellis hefyd, wedi cyffroi gymaint pan glywsant am anffawd Eban? Petai'r hen frawd wedi ei ladd, ni fyddai Lowri

80

wedi cyffroi mwy. Lowri o bawb! Ac yr oedd Gwen wedi sylwi nad syrthio'n ddamweiniol i'r llawr a wnaethai'r aderyn. Yr oedd Catrin Ellis wedi rhoi pwniad bwriadol iddo, a mwy na hynny, yr oedd Gwen wedi sylwi arni yn rhoi cic lechwraidd iddo wedyn er mwyn ei yrru'n ddigon pell o dan y bwrdd. I beth, yn enw pob rheswm?

Ac i beth yr oedd yn rhaid i Margiad a Chatrin Ellis ei rhybuddio i beidio â sôn wrth neb am beth mor ddiniwed a damwain Eban? Beth oedd yn bod arnynt? A oedd Eban yn un o'r smyglwyr, tybed? Os oedd, beth allai o, o bawb, ei wneud? Yr oedd yn rhy fusgrell a gwargam i fod o unrhyw help i neb. A hyd yn oed petai'n smyglwr, pam yr oedd yn rhaid i Lowri a Chatrin Ellis gyffroi cymaint am ei fod wedi cyfarfod â damwain? Temtid hi i ofyn yn blaen i Catrin Ellis.

Ond pan ddaeth yr hen wraig yn ôl o'r gegin efo'r oel, edrychai mor ddi-wên a phenderfynol ag arfer, a gwyddai Gwen na châi ateb ganddi.

'Dyma'r botel,' meddai Catrin Ellis yn frysiog. 'Dydi'r goets ddim ymhell. Rydw i wedi clywed ei chorn yn canu, a'r pethau heb fod ar y bwrdd.'

Trodd oddi wrth Gwen a dechrau gweiddi: 'Riwth! Mared! Nansi! Bet!' a rhedodd y morynion ati o bob cyfeiriad, gan roi eu beichiau o danwydd a dŵr a brag yn eu lleoedd priodol cyn mynd ati i baratoi'r bwyd ar gyfer y bwrdd.

Pan aeth Gwen allan o'r gegin gynnes, yr oedd caenen o eira dros y ddaear, a gwelai oleuadau'r goets trwy'r mwrllwch yn y pellter. Clywai sŵn ei hutgorn yn diasbedain fel y deuai i'r pentref, a chofiodd am y noson honno pan gafodd hi ei hun y profiad erchyll hwnnw efo'r Brodyr Llwydion wrth deithio ar hyd yr un ffordd yn union. Yr oedd pethau rhyfedd wedi digwydd iddi er pan adawodd Blas Corwen, ond yr hyn a'i gofidiai fwyaf oedd diffyg ymddiriedaeth Lowri ynddi. Yr oedd fel petai rhyw agendor mawr wedi agor rhyngddynt, ac ni ddeallai ei chwaer o gwbl. Ni allai beidio â meddwl am y pethau oedd wedi digwydd er y noson y daeth gyntaf i'r Dryslwyn.

Pan gyrhaeddodd y tŷ, aeth ar ei hunion i ystafell Nia fach. Wedi agor y drws, safodd yno am ennyd yn edrych ar yr eneth fach yn rhyw lesg-chwarae â rhywbeth lliwgar, a Lowri yn eistedd ar erchwyn y gwely. Yr oedd yn amlwg nad oedd yr un o'r ddwy wedi sylwi arni'n dod i mewn. Chwarddai Lowri'n hapus wrth geisio rhoi'r teclyn gloyw am wddf y gath fach er mwyn difyrru Nia, a gwenai'r eneth fach. Yr oedd yn hawdd gweld ei bod yn well o lawer.

Pan groesodd Gwen yr ystafell, gwelodd Nia hi, a galwodd ei henw. Cododd Lowri ei phen, gan gipio'r teclyn disglair o law yr eneth fach.

'Mi gaiff Mami a Nia chwara efo hwn eto fory,' meddai. 'Mae hi'n rhy hwyr heno. Rhaid i Mami ei gadw fo rŵan!'

Sylwodd Gwen, fel yr oedd yn rhoi'r cyffur ar y bwrdd, fod Lowri'n cadw'r teclyn, beth bynnag ydoedd, o'i golwg. A thra oedd hi'n tywallt dŵr i ffiol er mwyn i'r eneth fach gael y ffisig llysiau ar unwaith, cafodd ei chwaer gyfle i'w roi o'r neilltu yn rhywle.

'Sut mae Eban erbyn hyn?' holodd Gwen. 'Mae gen i botel o oel Eryri yn y fan yma, wedi ei gael gan Catrin Ellis.'

'Mae o'n well nag oeddwn i'n ofni,' meddai Lowri. 'Lle mae'r oel, Gwen? Rydw i'n meddwl mai'r peth gorau fyddai ei roi ar ei fraich o rhag blaen, er mwyn lleddfu'r boen a lladd y gwenwyn. Oedd y goets wedi cyrraedd pan oeddet ti yn y Ddraig?'

'Nac oedd. Ond roeddwn i'n clywed y corn yn canu,' meddai Gwen. 'Roedd yno sŵn paratoi mawr, ac roedd 'na danllwyth o dân yn y parlwr, a chigoedd a phasteiod yn barod ar gyfer y teithwyr.'

'Mae arnyn nhw eu hangen ar noson oer fel heno,' meddai Lowri. 'Meddwl roeddwn i, os oedd y goets wedi dŵad i mewn, be' tybed oedd newyddion y teithwyr. Mi wyddost fel y byddan nhw'n dŵad â phob math o hanesion a helyntion y wlad i'w canlyn. Ond o ran hynny, mi fyddai'n rhy fuan i—wel, am y rhyfel a phethau felly yr oeddwn i'n meddwl,' ychwanegodd yn frysiog.

'Mi fydd raid aros tan fory am hynny,' meddai Gwen. 'Os bydd Margiad yn mynd i lawr i'r pentra, mi fydd yn siŵr o gael clywed y cwbl.'

'Bydd, reit siŵr,' atebodd Lowri'n ddidaro, ac aeth allan o'r ystafell a'r botel o oel Eryri yn ei llaw, gan adael Gwen i ofalu am Nia fach.

Meddyliodd Gwen fod yr eneth fach yn cysgu, ac yr oedd, mewn gwirionedd, wedi ryw huno'n ysgafn. Ond ymhen tipyn agorodd ei llygaid a dechreuodd holi am y tegan a gymerodd ei mam oddi arni mor swta.

'Nia eisio peth neis Mami,' meddai. 'Nia ddim eisio cysgu.'

'Mae Mami wedi ei gadw yn ei phoced dan fory,' atebodd Gwen. 'Amser cysgu ydi hi rŵan. Mae Pwsi bach yn cysgu'n sownd, ac yn chwyrnu'n braf.'

'Na, Nia ddim eisio cysgu,' meddai'r fechan wedyn. 'Nia eisio peth neis.' Ac nid oedd modd ei thawelu.

Daliai i grefu'n daer, ac i swnio am y peth neis, nes i Gwen ofni i'w gwres godi drachefn gan ei bod mor anniddig.

'Mi af at Mami i ofyn am ei fenthyg am dipyn bach,' meddai o'r diwedd, gan godi. 'Mae o yn ei phoced.'

'Nac ydi,' meddai'r eneth fach yn groyw. 'Mami wedi rhoi peth neis yn y cwpwl yn fan'na. Nia'n sbio ar Mami'n gneud.'

Pwyntiai â'i bys bychan at gwpwrdd tridarn oedd gerllaw'r gwely. Agorodd Gwen y drws yn ddigon difeddwl. Yr oedd yn wag, ond ar y silff uchaf, gwelai rywbeth lliwgar, gloyw, yn pefrio ac yn serennu'n las yng ngolau'r tân a'r canhwyllau.

Tynnodd ef allan, a daeth ias i'w chalon. Safodd fel un wedi ei pharlysu, gan syllu'n fud ar danbeidrwydd y disgleirdeb glas a wreichionai o flaen ei llygaid.

Yr oedd yn dal ar gledr ei llaw y freichled saffir a ysbeiliwyd oddi arni gan y Brodyr Llwydion.

PENNOD 13

Y Brodyr Llwydion Eto

Disgynnai'r eira'n drwm ar fôr a mynydd, ac eisteddai Arthur Llywelyn wrth ffenestr fawr y dwyrain ym mharlwr y Faenor, mor bell ag y gallai oddi wrth y tanllwyth tân a losgai ar yr aelwyd.

'Tyrd o'r ffenast 'na, da chdi,' meddai'r Ustus. 'Does yna ddim ond plu eira i'w gweld yn y fan yna, a be' sy'n fwy digalon? Glywaist ti sut mae'r eneth fach yna erbyn hyn?'

'Mae hi'n well o lawer,' meddai Arthur yn swta.

Yr oedd mwy nag wythnos wedi mynd heibio er pan ddaeth o hyd i Gwen a Nia yng Nghrochan y Smyglwyr, ond yr oedd wedi galw droeon yn y Dryslwyn i holi am yr eneth fach. Yn awr yr oedd wedi llwyr ymgolli yn ei feddyliau ei hun fel y syllai ar y gwynder o'i flaen, heb ddim ond yr adfail unig yn ei greithio.

'Mi fuaswn i'n dda gen i 'tawn i'n cael sicrwydd pwy wnaeth beth mor greulon ac annynol,' ychwanegodd ar ôl cryn ddistawrwydd. 'Rydach chi'n gwadu'n bendant fod a wneloch chi ddim â'r peth, ac mae'n rhaid i mi gymryd eich gair, wrth gwrs.' Yr oedd yn amlwg yn berwi gan ddicter fel y codai ar ei draed. 'Ond dyn a helpo'r dyn oedd yn gyfrifol pan ddof fi o hyd iddo!' meddai'n ddig.

Daeth gwên watwarus i enau ei ewythr. Nid oedd anwiredd yn poeni dim mymryn ar ŵr mor anwastad ei ffyrdd â'r Ustus Llywelyn. 'Pawb drosto'i hun' oedd ei arwyddair bob amser, ac yr oedd yn rhaid twyllo cryn dipyn os am fod yn smyglwr llwyddiannus. Eto, yr oedd y criw yn meddwl y byd o'u harweinydd. Yr oedd yn medru eu trin i'r dim, ac er ei fod braidd yn llaw-gaead wrth rannu'r ysbail, ef oedd eu heilun. Ond nid oedd ond un ohonynt wedi llwyddo i'w adnabod yn iawn, a Gruffydd Ellis oedd hwnnw.

Chwaraeai'r wên wawdlyd ar ei enau o hyd a diolchai fod ei nai wedi ei gymryd ar ei air. Yn eno'r annwyl, beth oedd ar ben y bachgen yn rhygnu arni efo'r un peth o hyd! Oedd o'n amau, tybed? Nid oedd gan yr Ustus yr awydd lleiaf i gael ei alw i gyfrif gan y bachgen talsyth, gwallt du a safai wrth y ffenestr yn gwylio'r eira yn disgyn. Yr Ustus oedd y cyntaf i dorri ar y distawrwydd.

'Mi fydda i'n meddwl weithiau am roi'r gorau i bethau yn y fan yma,' meddai'n sydyn. 'Hynny ydi, i ryw raddau, beth bynnag.'

Trodd Arthur ato mewn syndod.

'Ydw, rydw i o ddifri, Arthur,' meddai. 'Mae'r peth wedi bod ar fy meddwl i ers tipyn, bellach. Mae gen i flys mynd i mewn am wleidyddiaeth. Pe bawn i yn Nhŷ'r Cyffredin mi fuaswn yn ymladd fel llew yn erbyn dileu'r tollau. Dileu'r tollau, wir! Pe byddai'r tollau yn cael eu diddymu oddi ar nwyddau o bob gwlad, mi fyddai ein busnes ni yn peidio â bod! A sbia'r fath arian mae'r dynion yma wedi eu hennill, heb sôn amdana i fy hun, wrth gwrs. Wyt ti'n meddwl y buasai Gruffydd Ellis yn berchen Tafarn y Ddraig heddiw oni bai am y busnes yma? Choelia i fawr!'

Gwrandawodd Arthur arno mewn syndod.

'Wel, f'ewyrth,' meddai, 'os buasai mynd i'r senedd yn rhoi terfyn ar y busnes enbyd yma, mi fuaswn yn eich cymell i fynd o waelod fy nghalon, ac yn eich helpu fy ngorau glas.'

'Da chdi, paid â siarad mor ddirmygus am beth sydd yn ein gwaed ni fel teulu ers cenedlaethau,' meddai'r Ustus. 'Mae dy daid, dy hen daid—ond gwell i mi beidio a mynd yn ôl i Adda—maen nhw i gyd wedi bod yn smyglo. Meddylia am y grisiau 'na sydd ym Muriau'r Wylan fan acw! Rydw i'n cofio fel y byddai Taid yn ein rhybuddio ni i beidio â mynd yn agos at y lle ar ôl iddi dywyllu am fod yno fwganod ac ysbrydion yn tramwyo trwy'r lle, ac yn gwneud nadau digon â chodi gwallt dy ben di. Mi fyddai'r morynion bron â marw gan ofn a doedd 'na'r un ohonyn nhw feiddiai fynd yn agos at y lle gefn dydd golau, heb sôn am liw nos, pe caen nhw ffortiwn am fynd. Cofia di, nid dweud nad oes yna ysbrydion ydw i. Feiddiwn i ddim rhyfygu dweud y fath beth a chymaint o'n cymdogion yn gweld rhai byth a beunydd. Ond amcan Taid oedd cadw pawb draw o'r Muriau.'

Bu distawrwydd rhwng y ddau am ysbaid. Yr Ustus a'i torrodd.

'Arthur,' meddai, 'wyt ti'n dipyn o ffrindiau efo'r eneth 'na sydd yn y Dryslwyn?'

'Gwen? Ydw, f'ewyrth. Pam rydach chi'n gofyn?'

'Am fod arna i eisio i ti fynd yno yn un swydd i ofyn iddi anghofio'r helynt yng Nghrochan y Smyglwyr a pheidio â sôn byth wrth neb am y peth. Wnaiff hi hynny, tybed, os gofynni di iddi?'

'Dyna mae hi'n bwriadu ei wneud,' meddai Arthur. 'Mi benderfynodd y noson honno na soniai hi air wrth undyn byw, nid er mwyn arbed yr adyn a'i caeodd yno, ond er mwyn y gweddill o'r criw a'u gwragedd a'u plant.'

'Dydi'r addewid yna ddim yn ddigon,' meddai'r Ustus. 'Mi wyddost y fath fêl ar fysedd yr ecseismyn fyddai cael gafael ar stori fel yna. Mi wyddost hefyd y fath drybini fyddai'r ferch yn ei dynnu am ein pennau ni i gyd, a fyddai hi ddim yn ennill dim wrth wneud hynny, heblaw dial ar y dyn a'i caeodd yn y Crochan, pwy bynnag oedd hwnnw. Ond fedr neb ddad-wneud y peth sydd wedi ei wneud. Mae'r eneth yna wedi ein gorfodi ni i newid ein cuddfan. Does dim sy'n sicrach na hynny! Chawn ni byth ddefnyddio celloedd Tafarn y Cei eto. Mae'n helynt o beth i feddwl ein bod wedi medru dallu llygaid yr ecseismyn cyhyd, a rhyw fymryn o eneth yn dod i ddrysu'r cwbl! Ond rydan ni wedi penderfynu ar ein storfa newydd. Wyddost ti'r llwybr sy'n cychwyn o graig y gr . . .'

'Mae'n well gen i beidio gwybod, f'ewyrth,' meddai Arthur cyn iddo orffen. 'Meddyliwch amdana i yn astudio'r gyfraith, a'm perthynas agosaf yn ei thorri'n ddarnau mân, a finnau'n gwybod hynny!'

Edrychodd yr Ustus arno'n goeglyd. 'Mab dy fam wyt ti o'th gorun i'th sawdl! Sobrwydd mawr! Wn i ddim beth ddywedai dy fam pe gwyddai hi fod a wnelo dy dad rywbeth â'r busnes. Er, cofia di, mi laciodd yntau ei afael ar ôl priodi ac mi gafodd dy fam fynd i'w bedd heb wybod. Piti i'r ddau fynd mor ifanc! Ond dyna oeddwn i'n mynd i ofyn iti. Wnei di fynd i'r Dryslwyn i ofyn i'r eneth yna beidio â sôn wrth neb am yr hyn ddigwyddodd?'

'Af,' meddai Arthur heb betruso. 'Mi af heno, rhag ofn iddi ailfeddwl, a sôn wrth rywun.'

'Sbia ar yr eira 'na,' meddai'r Ustus. 'Sut y medri di fynd ar y fath dywydd i le mor ddiffaith? Mae'n well i ti aros nes y bydd o wedi meirioli dipyn.'

Nid oedd yr Ustus yn gweld bod llawer o frys, gan fod Gruffydd Ellis wedi dweud wrtho am addewid bendant Gwen. Ond yr oedd am wneud popeth yn sicr, ac yr oedd yn rhaid troi pob carreg, chwedl yntau, i wneud hynny.

'Ar ôl te y mae hi wedi dechrau dŵad yn blu mawr fel hyn,' meddai Arthur. 'Ond os arhosaf dan yfory neu drennydd, does wybod faint fydd wedi lluwchio.'

Gwelodd yr Ustus ei fod yn awyddus i fynd, a gwenodd yn foddhaus. Byddai'r eneth yn siŵr o gadw ei gair i Arthur, beth bynnag am Gruffydd Ellis, felly, popeth yn dda.

'Wel, os wyt ti'n meddwl y medri di fynd trwy'r eira,' meddai, 'mae'n well i ti gychwyn ar unwaith, cyn iddi ddechrau tywyllu.'

Nid gwaith hawdd oedd mynd trwy'r eira at y Dryslwyn. Meddyliodd Arthur mai ei ewythr oedd yn iawn ac y byddai'n rhaid iddo droi'n ôl cyn mynd hanner y ffordd trwy'r drysni, er ei fod yn lled gyfarwydd â'r llwybrau. Ond sylwodd fod ôl traed yn yr eira wedi iddo fynd heibio un drofa a medrodd eu dilyn yn syth i'r tŷ.

Yr oedd Nia yn well o lawer iawn, a Gwen yn

eistedd ei hun wrth y tân yn y parlwr. Meddyliodd Arthur ei bod yn sychu dagrau pan aeth i mewn, a dyna, mewn gwirionedd, a wnâi.

Yr oedd pethau y tu hwnt i ddeall Gwen yn mynd ymlaen o'i chwmpas, ac wrth geisio eu datrys yr oedd wedi digio Lowri. Yr oedd hynny ynddo'i hun yn digalonni Gwen ac aeth dros yr hyn a ddigwyddodd drosodd a throsodd yn ei meddwl.

Yr oedd wedi gofyn i'w chwaer sut y daeth o hyd i'r freichled saffir a ysbeiliwyd gan y Brodyr Llwydion ac yn lle ei hateb yr oedd Lowri wedi mynd i dymer wyllt.

'Os nad wyt ti am wneud rhywbeth heblaw agor cypyrddau a busnesa efo pethau na phiau ti mohonyn nhw, gorau po gynta' i ti fynd yn ôl i Blas Corwen,' meddai. 'Wyt ti'n meddwl mai dim ond un freichled saffir fel yna sydd yn y byd 'ma?' Ac yr oedd wedi mynd allan o'r ystafell fel corwynt, gan roi clep ar y drws.

'Doedd dim eisio i mi ofyn mor fyrbwyll o ble daeth y freichled,' gofidiai. 'Doedd ryfedd i Lowri wylltio wrthyf, ac eto, o ble mewn difri y daeth hi?'

Pan welodd Gwen ei chwaer wedyn, yr oedd fel talp o rew, mor oeraidd ag y gallai fod, ac yr oedd hynny yn torri calon y chwaer ieuengaf.

Rhyfeddodd o weld Arthur yn y Dryslwyn ar y fath noson.

'Sut gwnaethoch chi fedru dŵad trwy'r drysni, a'r llwybrau dan eira?' gofynnodd. 'Ond rydw i'n falch o'ch gweld chi!'

'Lle mae'ch chwaer a Nia fach?' holodd Arthur, a daeth cwmwl yn ôl i lygaid Gwen.

'Mae Nia yn ei gwely'n cysgu'n sownd,' meddai. 'Ond does gen i ddim syniad ble mae Lowri. Welais i mohoni ers amser cinio.' A rhoddodd ochenaid wrth feddwl am yr oerfelgarwch a oedd wedi codi rhyngddi a'i chwaer.

'Wel, waeth iddi heb â chlywed yr hyn sydd gen i i'w ddweud,' meddai Arthur. 'Fy neges i yma heno ydi crefu arnoch chi i beidio â sôn wrth neb am yr hyn welsoch chi, na'r hyn a ddigwyddodd yng Nghrochan y Smyglwyr y noson o'r blaen. Mae f'ewythr yn dweud mai dinistr, a dweud y lleia, fuasai'n dilyn taenu'r hanes.'

Daeth gwên i wyneb Gwen.

'Chi ydi'r trydydd i grefu'r un peth,' meddai. 'Ond fel y gwyddoch chi, dyna oeddwn i'n fwriadu ei wneud o'r dechrau. Gwrandwch, Arthur, mi wn i y gallaf ymddiried ynoch chi—pam mae pawb mor awyddus i mi gadw'r peth yn ddistaw? Oes a wnelo Richard rywbeth â'r smyglwyr? Ai dyna'r rheswm?'

Yr oedd y cwestiwn a fu'n llosgi cyhyd yn ei mynwes allan o'r diwedd. Er ei bod yn gwybod yn iawn beth fyddai'r ateb, yr oedd arni eisiau ei glywed o enau Arthur, er mwyn bod yn berffaith siŵr. Ond yr oedd ateb y bachgen, fodd bynnag, yn annisgwyl iawn.

'Na,' meddai'n ddibetrus. 'Mae gen i amheuaeth go lew pwy ydi'r smyglwyr a gallaf eich sicrhau nad yw Richard Wynne yn un ohonyn nhw.'

Yr oedd Gwen yn rhyfeddu ei glywed mor bendant ynglŷn â'r mater, a gwnâi hyn ei phenbleth yn fwy.

'Mi ofynnodd Lowri imi beidio â sôn wrth neb am yr hyn a ddigwyddodd,' meddai, 'ac i be', yn enw pob rheswm, y buasai'n gofyn peth felly, a Nia fach wedi dioddef cymaint, oni bai ei bod yn cysgodi rhywun fel Richard? Mi ofynnodd Gruffydd Ellis yr un peth yn union i mi, ac roedd yntau hefyd yn treio cysgodi rhywun. Yn wir, roedd o gystal â chyfaddef fod Richard yn un o'r smyglwyr.'

Chwibanodd Arthur ei syndod.

'Gruffydd Ellis!' meddai. 'Gruffydd Ellis yn deud peth fel yna?'

'Ie,' meddai Gwen, 'ac mae gair Gruffydd Ellis fel deddf.'

Syllodd Arthur yn fud i'r tân. Methai yn glir â chysoni pethau. Richard Wynne yn un o smyglwyr y glannau? Gŵr oedd â phris mor uchel ar ei ben yn ei wneud ei hun yn hysbys i gryn ddwsin o'r pentrefwyr! Na, yr oedd y peth yn anhygoel. Ac eto, yr oedd Gruffydd Ellis wedi dweud hynny, ac nid gŵr i siarad ar ei gyfer oedd Gruffydd Ellis. Beth tybed a ddywedodd y tafarnwr? Yr oedd yn rhaid iddo gael gwybod heno nesaf, eira neu beidio. Yr oedd yn cymryd mwy o ddiddordeb yn Richard Wynne nag a feddyliai neb, ac os oedd yn un o'r smyglwyr, wel, yr oedd yn nannedd perygl. Cododd ar ei draed.

'Mi fydd f'ewythr yn falch fod popeth yn iawn,' meddai, gan gychwyn tua'r drws.

Danfonodd Gwen ef yn ôl at y porth mawr a cherddodd yntau ymlaen yn gyflym trwy'r eira. Safodd yr eneth yno i'w wylio'n diflannu. Crwydrodd ei llygaid am sbel dros y cwrlid purwyn o'i chwmpas ac aeth ei meddyliau yn ôl at Lowri.

Lle'r oedd Lowri, tybed? Efallai ei bod wedi cael te yn ei hystafell ei hun, ac wedi mynd i'w gwely'n gynnar yn hytrach nag eistedd efo'i chwaer. Cofiodd yn sydyn iddi glywed Margiad yn sôn am Wylfabsant yn rhywle y diwrnod hwnnw. Byddai Lowri yn mynychu'r ffeiriau er mwyn prynu caws ac ymenyn a phethau o'r fath ar gyfer y tŷ.

Yr oedd yn noson dawel, drymddu, a'r eira'n dal i bluo'n ysgafn nes dieithrio'r fro â'i wynder pur, a theimlai Gwen ei bod yng ngwlad hud a lledrith. Yn sydyn, daeth sŵn carnau meirch i dorri ar y tawelwch. Er bod trwch o eira ar y ddaear nid oedd digon ohono i bylu sŵn y traed yn llwyr. Yr oeddynt fel pe'n dod ar hyd un o'r llwybrau a arweiniai i gyfeiriad y stablau. Tybed a oedd Lowri wedi mentro marchogaeth i'r Wylfabsant ar y fath dywydd? Pwy bynnag oedd yna, yr oeddynt yn marchogaeth yn galed.

Rhedodd Gwen allan i'r eira er mwyn edrych dros y gwrychoedd, ond nid oedd neb i'w weld yn unman. Croesodd i lwybr gweddol lydan, yna safodd drachefn i wrando. Yr oedd pob sŵn wedi distewi erbyn hyn, ac nid oedd dim i'w glywed ond trwst y nant ar ei threigl, ac oergri llwynog o rywle yn nyfnder y coed.

Yr oedd ei thraed yn gwlychu, a hithau'n dechrau teimlo min yr oerfel. Nid oedd diben na phwrpas cerdded trwy'r eira i ddim. Yr oedd tipyn o waith cerdded cyn y deuai i gyffiniau'r stablau, ac nid oedd yn awyddus iawn i fynd i'r fan honno yr adeg yma o'r nos, p'run bynnag. Trodd yn ôl am y tŷ ac yr oedd bron wedi ei gyrraedd pan safodd fel pe bai wedi ei tharo, yn methu credu'r hyn a welai.

Yng ngolau'r llusern a hongiai bob nos wrth y porth, gwelai ddau yn diflannu fel drychiolaethau i mewn i'r tŷ, ac nid oedd amheuaeth ym meddwl Gwen pwy oeddynt.

Y Brodyr Llwydion!

PENNOD 14

Y Camgymeriad

Gwaith anodd oedd cerdded trwy'r drysni, a phob brigyn a thwmpath yn drwm dan eira, ac er bod Arthur yn lled gynefin â throeon y daith, yr oedd yn rhaid bod yn bur wyliadwrus ar y llwybrau troellog rhag cymryd rhyw dro a arweiniai'n ôl at ddrws y Dryslwyn.

Meddyliai am Gwen. Beth oedd yn bod arni, tybed? Yr oedd y cysgod a lechai y tu ôl i'w llygaid yn profi bod rhywbeth o'i le. Tybed a oedd ei bywyd mewn perygl ar ôl iddi, yn ddiarwybod, ddarganfod encil y smyglwyr? Pwy oedd y gŵr a'i caeodd mor ddidostur yng Nghrochan y Smyglwyr? A beth am Richard Wynne? Tybed, mewn gwirionedd, a oedd Richard Wynne, ffoadur a chymaint o bris ar ei ben, yn ddigon ffôl a rhyfygus i gynllwyn â thwr o ddynion, gan wybod y gallai un ohonynt ei fradychu unrhyw funud? Ac eto, os oedd Gruffydd Ellis wedi dweud wrth Gwen . . . Ond mynnai gael gwybod cyn cysgu y noson honno.

Galwyd ef yn ôl o fyd ei feddyliau gan sŵn rhywun yn marchogaeth yn y tywyllwch a chlywai dinc sbardun yn erbyn dur. Nid oedd y marchog ar ei lwybr ef, yr oedd yn fwy i'r dde yn rhywle. Er bod y trwch eira yn pylu'r sŵn, gwyddai Arthur fod mwy nag un marchog yno, ac yr oeddynt yn carlamu nerth carnau i gyfeiriad stablau'r Dryslwyn.

Petrusodd am ennyd cyn penderfynu beth a wnâi. Gallai dorri ar draws llwybrau'r drysni i'r ffordd a arweiniai i'r stablau trwy glwyd o wiail, os gallai ddod o hyd iddi yn yr eira. Ond ai mynd i'r stablau ynteu mynd yn ôl i'r tŷ at Gwen fyddai orau? Yr oedd Gwen bron â bod ar ei phen ei hun yn yr hen dŷ mawr yna, heb neb ar ei chyfyl ond Margiad ac Eban fusgrell draw ym mhellafoedd y gegin. Ar y llaw arall, os âi yn ôl, pa esgus a roddai dros fynd? Hwyrach mai Lowri oedd yn dychwelyd o rywle. Ond pwy oedd ei chydymaith?

'Mi af i'r stablau i'm bodloni fy hun,' meddai Arthur wrtho'i hun. 'Mi gaf benderfynu beth i'w wneud wedyn.'

Cafodd hyd i'r glwyd wiail heb ryw lawer o drafferth ac yr oedd yn rhaid cerdded yn syth o'r fan honno nes dod i lwybr y stablau. Yr oedd rhyw fath o adwyon yn y gwrychoedd, ond gwaith anodd oedd gwthio drwyddynt yn y nos, a'r gwrychoedd yn drwm dan eira.

Ymwthiodd Arthur yn ei flaen a chyrhaeddodd y stablau â'i fantell felfed ddu yn wlyb drwyddi. Gwelodd fod rhagddor un o'r stablau yn agored, a golau gwan yn y pendraw. Edrychodd i mewn, a gwelodd ddau geffyl yn foddfa o chwys, wedi eu marchogaeth yn galed. Ond nid oedd arlliw o undyn byw ar gyfyl y lle.

Ar ôl gweld y ceffylau, teimlai Arthur yn fwy bodlon ei feddwl. Gwelai nad oedd neb ar berwyl drwg yn y Dryslwyn oherwydd ni fuasent byth yn marchogaeth yn syth i'r stabl a gadael golau yno. Yr oedd yn amlwg eu bod yn bwriadu mynd yn ôl i borthi ac ymgeleddu'r ceffylau. Pwy bynnag oedd y marchogion, yr oedd ganddynt reswm da dros ymweld â'r Dryslwyn ac yr oeddynt yn gwybod eu ffordd o gwmpas y lle. Y peth gorau iddo ef oedd mynd i Dafarn y Ddraig at Gruffydd Ellis.

Fel y cerddai Arthur ymlaen trwy undonedd yr eira, diflannodd y pryder o'i feddwl a phenderfyn-odd mai Lowri oedd un o'r marchogion. Ond pwy oedd y llall?

Cyn hir, cyrhaeddodd Dafarn y Ddraig. Yr oedd ei muriau llwydion wedi gwynnu gan yr eira a chang-hennau'r deri a'r ynn wedi eu swyngyfareddu gan y sypiau mawr gwynion a'u haddurnai. Yr oedd drws pob coetsiws a stabl ar gau, a dim golau i'w weld yn unman. Ond yr oedd digon o olau yn pelydru ar yr eira o ffenestri'r tŷ a phrofai hyn i Arthur fod rhai o deithwyr y goets wedi aros ar ôl yn y Ddraig nes i'r eira feirioli tipyn.

Aeth y bachgen i mewn a gwelai bump neu chwech o ddieithriaid yn eistedd wrth danllwyth o dân a golwg glyd ryfeddol arnynt.

Yr oedd goleuni rhuddgoch y fflamau i'w weld ar y trawstiau myglyd fel yr edrychai o'i gwmpas. Ond nid oedd golwg o Gruffydd Ellis ymhlith y cwmni. Ar gadair dan astell y simnai, eisteddai porthmon siaradus, a phibell hir rhwng ei ddannedd. Yr oedd ffiolaid o gwrw poeth yn mygu ar y pentan wrth ei ymyl, a thynnai ei bibell o'i enau yn awr ac yn y man i lymeitian y ddiod. Wrth ei benelin, eisteddai gŵr gwritgoch, a deallodd Arthur fod gan hwn ryw stori flasus i'w hadrodd wrth y cwmni.

Ar ôl cyfarch y dynion, croesodd y bachgen yr ystafell i gyfeiriad y gegin. Ond pan gafodd grap ar sgwrs y dyn gwritgoch, newidiodd ei feddwl, ac aeth i sefyll ar bwys y pentan i wrando ac i sychu ei ddillad.

'Do, mi gafodd ei saethu, mor wir â'i fod o'n un o'r Brodyr Llwydion,' pwysleisiodd y siaradwr. 'Ond cofiwch, fedra i ddim deud gafodd o ei ladd ai peidio. Ond fel yna y clywais i'r stori, ei fod o wedi ei saethu'n gelain.'

'Chefais i erioed y profiad o ddod i gyffyrddiad â'r cnafon,' meddai'r porthmon parablus. 'Ond fydda i byth yn dŵad o'm porthmona ar gefn ceffyl. Pam, meddwch chi? Wel, am fy mod i'n credu ei bod hi'n fwy diogel o lawer i borthmon deithio ar ei draed neu yn y goets. Mi fydd yn haws i ddyn fydd yn cerdded neu yn teithio yn y goets fawr gael ei ystyried yn greadur tlawd ac mi gaiff heddwch gan bob lleidr. Fy mhrofiad i ydi mai'r porthmyn fydd yn dŵad o'r ffeiriau ar gefnau eu ceffylau fydd yn ei chael hi bob tro, gan fod y cnafon yn gwylio amdanyn nhw mewn rhyw fwlch neu'i gilydd. Do, gyfeillion, mi fûm i yn Llundain ugeiniau o weithiau, ac mi wn am ffeiriau Lloegr cystal ag y gwn i am ffair Llanrwst, os nad gwell. Rydw i wedi talu miloedd o bunnau i ffermwyr Cymru am wartheg a bustych ac wedi dŵad â miloedd efo mi i Gymru o Loegr, a chefais i 'rioed fy ysbeilio o ffyrling.'

'Tewch, frawd, tewch,' meddai'r gŵr a eisteddai ar ei gyfer. 'Peidiwch ag ymffrostio gormod yn eich rhawd, rhag ofn nad ydach chi ddim ond yn ei haros hi.'

'Dim llawer o beryg y caf hi bellach, yng Nghymru, beth bynnag,' meddai'r porthmon yn hyderus. 'Ond waeth i mi gyfadde'r gwir, fydd arna i ddim llai nag ofn y Brodyr Llwydion yna y mae cymaint o sôn amdanyn nhw. Ond mae'r cyfaill yma wedi ein sicrhau fod un ohonyn nhw wedi ei saethu'n farw. A wnaiff y llall fawr ohoni ar ei ben ei hun, yn siŵr i chi. Roedd yn hen bryd iddyn nhw ei chael hi.'

'Ara deg, gyfaill, ara deg,' meddai'r gŵr gwrit-goch. 'Nid dweud fod y lleidr wedi ei ladd wnes i, ond ei fod o wedi ei saethu. Er, wrth gwrs, mae'n eithaf posib ei fod wedi cael ergyd farwol. Fel y dywedais i, roedd Syr Rolant yn mynd adref i'r Wyddgrug o Ruthun, wedi bod yno efo'i was yn derbyn y rhenti. Hen gnaf cybyddlyd, mileinig, ydi o hefyd, ond mi wnaeth weithred dda i gymdeithas y tro yma. P'run bynnag, pan oedd y ddau yn marchogaeth heibio Bwlch y Merddwr, dyma ymosod arnyn nhw gan un o'r Brodyr Llwydion. Ŵyr neb ymhle roedd y llall ar y pryd, neu fuasa Syr Rolant byth wedi medru gwneud yr hyn wnaeth o. Ond ta waeth am hynny, yr oedd yr hen Syr yn barod amdano fo, ac wrth gymryd arno estyn ei bwrs trwm, mi fflachiodd ei bistol allan yr un pryd, a saethu. Ond nid cyn i'r lleidr gael y pwrs, a charlamu i ffwrdd.'

'Twt, twt. Doedd o ddim wedi brifo llawer os medrodd o ddianc â'r god i'w ganlyn,' meddai un arall o'r cwmni mewn llais siomedig.

'Ara deg eto,' meddai'r gŵr gwritgoch. 'Dydw i ddim wedi gorffen. Mi aeth Syr Rolant a'r gwas ati i chwilota am y god, ond doedd dim hanes ohoni yn unman, dim ond gwaed ym mhobman, hyd yr eithin a'r grug. Mi aethon nhw ar drywydd y gwaed am bellter ffordd, meddan nhw, a does yna ddim amheuaeth nad ydi'r lleidr wedi ei chael hi'n ofnadwy yn y sgarmes. Roedd yr hen Syr yn meddwl mai yn ei ben neu yn ei frest y cafodd o hi. Mae'n siŵr o fod yn ergyd farwol, medda fo, ac y byddan nhw yn dŵad o hyd i'w gorff o yn hwyr neu'n hwyrach yng ngwaelod rhyw ffos. Mae o'n ffyddiog y daw o o hyd i'r god cyn bo hir.'

'Pryd y digwyddodd hyn?' holodd Arthur yn eiddgar. Yr oedd yn cymryd diddordeb anghyffredin yn ffawd y Brodyr.

'Ers dyddiau bellach. 'Rhoswch chi funud bach. Pryd oedd ffair Rhuthun? Wythnos yn ôl, yntê?' meddai'r gŵr gwritgoch.

Dechreuodd fynd yn ei flaen wedyn i ymhelaethu ar stori'r saethu. Ond nid oedd Arthur eisiau clywed ychwaneg ac aeth at Catrin Ellis i'r gegin.

'Brensiach annwyl! Pwy fasa'n meddwl eich gweld chi yma ar y fath noson,' meddai pan welodd y bachgen. 'Steddwch wrth y tân yn y fan yna. Ydach chi yma ers meitin?'

'Dŵad i weld Gruffydd Ellis wnes i,' meddai yntau. 'Ond mi sefais i dwymo dipyn wrth dân y parlwr efo'r teithwyr. Wyddech chi fod un o'r Brodyr Llwydion wedi derbyn ei haeddiant o'r diwedd? Mae o wedi cael ei saethu.'

'Na ato Duw!' meddai Catrin Ellis yn gynhyrfus, â'i llygaid byw, craff yn llenwi o fraw. Eisteddodd yn sydyn ar y gist flawd oedd wrth y bwrdd.

'Wedi . . . ei . . . saethu! Wedi . . . ei . . . O, Duw a helpo . . .' meddai'n ffwndrus. 'Wedi ei saethu—heno!—yn yr eira 'ma! Sawl gwaith rydw i wedi deud mai o'r drwg, mawrddrwg a ddaw!'

Neidiodd ar ei thraed yn wyllt.

'Ym mhle mae o? Lle mae fy siôl i! Rhaid i mi fynd . . .'

'Arhoswch funud bach,' meddai Arthur yn araf a thawel. 'Mae'n ddrwg gen i 'mod i wedi bod mor fyrbwyll. Ond mae'r peth wedi digwydd ers wythnos o leiaf.'

Eisteddodd Catrin Ellis ar y gist flawd yn ôl heb yngan gair, ac aeth Arthur ymlaen i'w thawelu.

'Dyna oedd sgwrs y teithwyr pan ddois i i'r parlwr,' meddai. 'Mi daniodd rhywun arno fo wrth fynd o ffair Rhuthun, ond ŵyr neb faint frifwyd arno fo. Mi lwyddodd i ffoi, a'r ysbail i'w ganlyn. Y peth tebycaf ydi nad oes fawr ddim yn y stori. Mi wyddoch fel y bydd teithwyr yn gwneud môr a mynydd allan o bob digwyddiad.'

Edrychodd Catrin Ellis o amgylch y gegin, ac wedi gwneud yn siŵr nad oedd yr un o'r morynion yno i weld na chlywed dim, trodd at Arthur.

''Machgen i, mi ddychrynsoch fi'n arw iawn,'
meddai'n araf. 'Roeddwn i'n meddwl mai newydd
ddigwydd heno yr oedd yr aflwydd, a'ch bod chithau
wedi dŵad yma yn unswydd gwaith i ddeud am y
peth. Mae'r hyn mae'r teithwyr yn ei ddeud yn hen
stori bellach, ond fel yna mae pethau yn ein
cyrraedd, yntê? Mae arna i gywilydd 'mod i wedi
colli cymaint arnaf fy hun, oes yn wir. Ond diolch
nad oedd yna ddim llygad-dystion, neb ond chi.
Wyddoch chi be', dyma'r ail dro i mi gyffroi heb
achos. Ond wna i ddim eto ar chwarae bach! Rydw
i'n mynd yn wirionach bob dydd. Ydw, cyn wired
â'r pader!'

'Wel, ie,' meddai Arthur. 'Roeddwn i'n synnu
eich gweld chi'n cyffroi gymaint am fod lleidr wedi
derbyn ei haeddiant. Ond hwyrach mai arna fi yr
oedd y bai, yn deud wrthych chi mor sydyn.'

'Wn i ddim,' meddai Catrin Ellis. 'Ond peidiwch
â sôn am dderbyn haeddiant, da chi. Tasan ni i gyd
yn derbyn ein haeddiant wn i ddim lle buasen ni.
Cofiwch chi, mae gen i dipyn o feddwl o'r Brodyr
Llwydion am eu bod nhw'n gwneud cymaint o
gymwynasau â'r tlawd a'r anghenus. Dyna pam yr
aeth y peth drwydda i fel saeth pan ddaru chi ddeud
fod un wedi ei saethu.'

Neidiodd ar ei thraed, yn llawn ynni ac egni fel
arfer.

'Brensiach annwyl!' meddai, 'mae'n mynd yn
hwyr heb i rywun gysidro! Nansi! Sioned! Riwth!
Lle 'rydach chi'n ymdroi?' A thorchodd ei llewys
gan ddechrau torri tafelli o gig ar gyfer swper y
teithwyr fel pe na byddai dim wedi ei chyffroi.

'O, ie. Eisio gweld Gruffydd sy' arnoch chi, yntê?' meddai. 'Mae o'n brysur yn clandro ym mharlwr bach y talcen. Ewch yno ato fo. Bet! Rho saws ar yr eog 'na! Sioned, roist ti ddigon o sbeis yn y bragod? Riwth, rho dro yn y jac, i'r hwyaden frownio . . .'

Gwenodd Arthur wrth fynd o'r gegin. Ond methai'n lân ag esbonio braw a chyffro Catrin Ellis. Yn ei dyb ef, yr oedd wedi dychryn mwy nag a ddylai o lawer.

Cafodd hyd i Gruffydd Ellis ym mharlwr bach y talcen, nid yn gwneud cyfrifon, ond yn cysgu'n sownd o flaen y tân. Yr oedd wedi penderfynu na soniai yr un gair wrtho am anffawd y Brodyr Llwydion rhag ofn i'r newydd gael yr un effaith arno ef ag a gafodd ar ei wraig. Ond ni buasai raid iddo ofni. Nid oedd Gruffydd Ellis yn malio mwy yn y Brodyr Llwydion nag mewn rhyw ysbeilwyr eraill a frithai'r wlad. Yn wir, buasai yn ei hystyried yn gymwynas â'r fforddolion pe bai'r Brodyr, a phob un tebyg iddynt, dan glo a chadw. Ond ni wyddai Arthur hynny. Daeth y llanc at ei stori ar unwaith.

'Wna i mo'ch cadw chi'n hir, Gruffydd Ellis,' meddai. 'Ond fedrwn i ddim meddwl mynd i 'ngwely heno heb gael gwybod un peth. Ydi Richard Wynne yng nghyffiniau'r Dryslwyn? Ydi o'n un o'ch cwmni chi efo busnes y glannau 'ma?'

Edrychodd Gruffydd Ellis arno mewn syndod.

'Richard Wynne? Wn i ddim byd o hanes y dyn, heblaw bod gen i biti garw drosto,' meddai. 'Ond mi alla i ateb yn glir ac yn groyw nad oes a wnelo fo ddim â'n busnes ni. Nac oes, neno'r annwyl! Ac mi alla i eich sicrhau na ŵyr yr un o'r criw ddim byd amdano, mewn modd yn y byd.'

'Dyna oeddwn innau'n dybio hefyd,' meddai Arthur. 'Mi fyddai'n rhy beryglus o lawer i ddyn fel Richard Wynne fentro i fysg criw o ddynion heb eu hadnabod yn drwyadl. Eto, mi ddywedodd Gwen wrthyf heno eich bod chi, dan eich enw, wedi dweud wrthi bod Richard Wynne yn un o'r smyglwyr.'

'Rargian fawr! Be' sy'n bod ar yr eneth!' meddai Gruffydd Ellis yn gyffrous. 'Fi yn deud peth felna wrthi? Naddo, neno'r Tad! Ddeudais i 'rioed y fath beth wrthi hi, nac wrth neb arall chwaith! Chlywais i'r fath beth yn fy mywyd!'

Edrychodd Arthur arno mewn penbleth.

'Ydach chi'n cofio'r sgwrs fu rhyngoch chi a Gwen ynghylch yr hyn a ddigwyddodd yng Nghrochan y Smyglwyr?'

'Ydw'n iawn,' meddai Gruffydd Ellis ar amrantiad. 'Mi erfyniais arni i beidio â sôn wrth neb am yr hyn welodd hi ac mi addawodd hithau'n bendant na wnâi hi byth ddweud. Dyna'r cwbwl, am wn i. Na, wir, 'rhoswch chi funud bach, 'rhoswch-chi-funud-bach!'

Taniodd ei bibell yn bwyllog, a daeth golwg fyfyrgar i'w lygaid. ''Rhoswch chi funud bach,' meddai wedyn yn hamddenol gan wylio'r mwg yn troelli'n araf i fyny. 'Mae'r sgwrs yn dŵad yn fyw yn 'y nghof i rŵan. Roedd y ferch ifanc eisiau gwybod be' ddigwyddai pe dywedai hi wrth yr awdurdodau am yr hyn a welodd yn yr ogof. Fuasai hi yn dwyn gwarth ar rywun hoff iawn ganddi, er nad oedd a wnelo hwnnw ddim â'r peth? Mi atebais inna yn y fan y buasai yn siŵr o wneud.'

'Wel, dyna chi wedi'ch condemnio'ch hun, Gruffydd Ellis,' chwarddodd Arthur. 'Yr unig un y mae Gwen yn hoffi'n fawr, hyd y gwn i, ydi Lowri. Ac os oedd a wnelo Richard Wynne rywbeth â'r smyglo, mi fuasa achwyn arnyn nhw yn dwyn gofid a gwarth ar ben Lowri, er nad oedd a wnelo hi ddim â'r peth.'

'Mawredd annwyl! Wnes i ddim breuddwydio am funud mai Lowri oedd ganddi dan sylw,' meddai Gruffydd Ellis. 'Wel, tawn i byth o'r fan 'ma! A Lowri oedd ganddi mewn golwg, felly? Fi ddaru gamddeall. Ar y pryd, fedrwn i ddim meddwl ond am un y gwyddwn i fod y ferch ifanc yn awyddus i'w harbed rhag gwarth os buasai hanes y busnes yn dŵad allan!'

'Pwy?' holodd Arthur.

'Chi, wrth gwrs. Pwy arall?' meddai Gruffydd Ellis.

PENNOD 15

Ystafell Lowri

Treiddiodd rhyw gryndod llesmeiriol trwy wyth-iennau Gwen pan welodd y Brodyr Llwydion yn diflannu fel dwy ddrychiolaeth trwy ddrws y Dryslwyn. Safodd am funud a'i hwyneb mor welw â'r eira oedd o'i chwmpas, wedi ei syfrdanu gan yr hyn a welsai.

Tybed ai breuddwydio yr oedd hi?

'Na, na,' meddai wrthi ei hun, a'i chalon yn curo'n ddilywodraeth, 'nid breuddwyd ydi hwn. Mae'r Brodyr Llwydion newydd fynd i mewn i'r tŷ, a does yna neb ar gael ond Eban a Margiad a Nia fach!'

Rhuthrodd i mewn i'r tŷ, a safodd i wrando. Nid oedd sŵn i'w glywed yn unman. Agorodd ddrysau'r ystafelloedd ar y dde a'r aswy i'r neuadd. Ond nid oedd dim i'w weld na'i glywed. Teyrnasai tawelwch a thywyllwch ym mhobman, ac eto roedd y Brodyr Llwydion yn llechu yn rhywle!

Meddyliodd yn sydyn am Nia fach. Oedd hi'n ddiogel? Beth pe byddai Lowri yn colli Nia unwaith eto? Beth pe byddai'r Brodyr Llwydion yn ei chipio?

Yr oedd ei meddyliau yn rhy ffwdanus a chymysglyd iddi allu rhesymu mai dwyn plant oddi ar eu rhieni oedd y peth olaf a wnâi'r ysbeilwyr.

Rhedodd i fyny'r grisiau ac i ystafell Nia. Yr oedd yr eneth fach yn cysgu'n dawel. Ond yn yr ystafell gyferbyn, ystafell Lowri, clywai sŵn rhywun yn ystwyrian o gwmpas. Y Brodyr Llwydion!

Rhoddodd Gwen dro ar y dwrn. Ond yr oedd wedi ei gloi o'r tu mewn.

'Agorwch ar unwaith!' meddai, gan geisio rheoli'r cryndod a oedd yn ei llais. 'Agorwch, neu mi fydda i'n galw am help!'

Methai'n lân a chadw llywodraeth ar guriadau afreolaidd ei gwaed yn ei gwythiennau, a gwyddai'n eithaf da nad oedd help i'w gael. Yr oedd yn hollol unig, ond gobeithiai hwyrach y buasai'r bygwth yn peri i'r Brodyr Llwydion ddiflannu mewn modd na allai neb ond hwy ei wneud.

Agorwyd y clo bron ar unwaith, a safai Lowri o'i blaen.

'Be' mewn difri sydd arnat ti, Gwen?' meddai â'i llygaid yn fflachio mellt. 'Mae peth fel hyn allan o bob rheswm! Mae'n siŵr dy fod di'n dechrau drysu!'

Methodd Gwen â dal yn hwy. Torrodd allan i grio, gan daflu ei breichiau am wddf ei chwaer cyn i Lowri sylweddoli ei bwriad.

'Paid, O paid â bod yn gas wrthyf, Lowri bach!' ochneidiai. 'Mi fydd arna i ofn weithia dy fod di'n iawn, a 'mod i'n dechrau drysu. Ond cred fi neu beidio, mae'r Brodyr Llwydion yn y tŷ 'ma! Wir, wir, mae'r ddau yn y tŷ 'ma, Lowri, neu rydw i fel rwyt ti'n deud yn dechrau drysu! O Lowri! Lowri! Tyrd efo mi i chwilio'r tŷ 'ma. Tyrd!'

Ceisiodd dynnu ei chwaer gyda hi, ond tawelodd Lowri hi, fel y byddai'n tawelu Nia fach.

'Hidia befo'r Brodyr Llwydion, Gwen,' meddai'n llarieiddiach o lawer. Edrychodd ar ben cyrliog ei chwaer ar ei hysgwydd, a daeth tynerwch i gil ei llygaid.

'Paid â phoeni ynghylch y Brodyr Llwydion,' meddai. 'Maen nhw'n berffaith ddiogel. Raid i ti na neb arall yn y Dryslwyn eu hofni nhw.'

Rhyfeddai Gwen at ddifrawder ei chwaer, a methai'n lân a chysoni pethau. Dechreuodd erfyn arni i ddod o'r Dryslwyn i aros am dipyn i Blas Corwen.

'Lowri bach, ddoi di efo mi ddechrau'r wythnos, i Blas Corwen i aros am dipyn efo Modryb? Tyrd wir,

Lowri. Mae'r hen le 'ma yn 'y nychryn i! Ond wna i byth dy adael di dy hun yma, a phethau mor . . . mor . . .' Petrusodd am ennyd tra chwiliai am air addas, 'mor rhyfedd yn mynd ymlaen o dy gwmpas di.'

'Peryglus oeddet ti'n mynd i ddeud, yntê?' meddai Lowri, â'i llygaid chwerthinog ar ei chwaer. 'Rhaid i ti ddim pryderu yn 'y nghylch i. Ond rydw i'n addo dod efo chdi i Blas Corwen am noson, dim ond un noson, cofia, i dorri siwrnai.'

'Torri siwrnai? Siwrnai i ble?' gofynnodd Gwen, gan edrych ym myw llygad ei chwaer. 'I ble'r wyt ti am fynd, Lowri?'

'I ble 'ddyliet ti? Wnei di byth ddyfeisio! I Lundain! Ac mi gei dithau ddŵad efo mi. Fuost ti erioed yno o'r blaen, na finnau chwaith. Ond dyna fydd dy hanes di a finnau rai o'r dyddiau nesa 'ma. Paid â chyffroi cymaint, Gwen! Mi wn yn iawn dy fod yn methu â deall rhai pethau sy'n mynd ymlaen o'th gwmpas ar hyn o bryd, ond mi gei di wybod y cwbl cyn bo hir. Na, dwyt ti ddim yn dechrau drysu, Gwen bach, ac er mwyn dy dawelu, gad i mi ddeud gymaint â hyn wrthat ti. Mi fuo'r Brodyr Llwydion yma heno, er, cofia, mi fuasai'n dda gen i tasat ti heb eu gweld. Ond does mo'r help am hynny. Yn siŵr i ti, mi fuasai'r ddau wedi bod yn fwy gwyliadwrus pe bydden nhw'n amau dy fod ti allan ar y pryd. Be' mewn difrif oeddet ti'n 'i wneud allan ar y fath noson, Gwen?'

Yr oedd geiriau Lowri fel balm ar galon Gwen, am eu bod yn profi nad oedd ei chwaer wedi digio wrthi, a meddyliai ei bod yn gweld golau trwy'r niwl ar bethau a oedd mor dywyll iddi. Yr oedd Lowri yn ddiamau yn swcro ac yn llochesu'r Brodyr Llwydion pan fyddent yn digwydd bod yn y cyffiniau, a gwelai'n blaen sut y daeth y freichled saffir i'r Dryslwyn. Tâl yr ysbeilwyr am nodded ydoedd. Ond Lowri, o bawb, yn gwneud peth mor beryglus! Pe deuai'r ffaith i glustiau'r awdurdodau, byddai bywyd Lowri mor ddiwerth â bywyd ei gŵr. Daeth y baich yn ôl i galon Gwen.

'Pam nad atebi di?' Clywai lais Lowri fel petai'n dod o hirbell. 'Be' oeddet ti'n 'i wneud allan yng nghanol yr eira?'

'Arthur fuo yma yn crefu arna i beidio sôn wrth neb am yr hyn welais i yn y gell honno pan gaewyd ni yng Nghrochan y Smyglwyr,' meddai hithau'n beiriannol. 'Ac mi es inna i'w ddanfon at y porth mawr, ac mi glywais . . .'

'Welodd Arthur y Brodyr Llwydion?' torrodd Lowri'n frysiog ar draws geiriau Gwen. 'Oedd Arthur yn y cyffiniau ar y pryd?'

'O, nac oedd!' atebodd Gwen. 'Roedd o wedi mynd o'r golwg ers meitin. Mi sefais yn y porth am sbel yn sbio ar yr eira, ac yn synfyfyrio. Ymhen hir a hwyr y clywais i sŵn ceffylau. Dyna wnaeth i mi gerdded allan i'r eira. Meddwl wnes i mai ti oedd yno.'

'O, mi wela i,' meddai Lowri yn araf. 'Mae'n dda gen i na welodd Arthur mo'r Brodyr Llwydion. Er, cofia, mi allwn ymddiried yn Arthur cyn gynted â neb. Ond mi wyddost y fath helynt fyddai 'na pe byddai'r bobol o gwmpas yn dŵad i wybod ein bod yn rhoi lloches i'r Brodyr.'

'Gwn yn iawn,' cytunodd Gwen.

'Pam yr oedd Arthur mor awyddus i ti beidio â deud am y gell, tybed?' gofynnodd Gwen, gan droi'r stori yn sydyn. 'Oes a wnelo ei ewyrth rywbeth â'r smyglwyr? Ond eu busnes nhw ydi hynny, yntê? Ond dyma oeddwn i'n mynd i 'ofyn i ti. Fuaset ti'n lecio dŵad efo mi i Lundain, Gwen?'

'Os wyt ti o ddifri, buaswn,' atebodd hithau'n ddibetrus. 'Mi ddof efo chdi i unrhyw le, Lowri, ac mi fyddaf yn falch o gael dŵad. Wyt ti wedi maddau imi?'

'Paid â chyboli. Doedd yna ddim byd i'w faddau,' meddai Lowri. 'Os oes 'na fai ar rywun, arna i mae o. Fi sydd dipyn yn fyr fy amynedd y dyddiau yma. Tyrd i mewn i'r ystafell 'ma. Fuost ti erioed ddim pellach na'r drws, ti na neb arall, chwaith. Fydda i byth yn caniatáu i neb, hyd yn oed Margiad, ddod dros y trothwy. Eistedd yn y fan yna.'

Taflodd Lowri ragor o gynnud ar y tanllwyth a oedd ar yr aelwyd, nes iddo wreichioni i fyny'r simnai, a chrwydrodd llygaid Gwen o gwmpas yr ystafell gyda diddordeb. Dyma'r lle y treuliai Lowri oriau o'i hamser, ac nid oedd yn syn gan Gwen, pan welodd foethusrwydd yr ystafell. Rhedai ar draws un ochr i'r tŷ o ben i ben ac yr oedd drws yn y pen draw, a thapestri amryliw yn hongian drosto. Ond ni allai Gwen ddyfalu i ble yr arweiniai. Yr oedd y dodrefn o gerfwaith cain, a'r ffenestri hirgul wedi hanner eu gorchuddio â llenni melfed o liw grawnwin, yn cyrraedd o'r to i'r llawr. Yr oedd popeth gyda'i gilydd yn gwneud yr ystafell yn berffaith yng ngolwg Gwen. Daeth gwên i wyneb Lowri.

'Wyt ti'n hoffi fy ystafell?' holodd. 'Yma mae trysorau Richard a minnau. Mae'n llawn o atgofion am y dyddiau a fu. Dyna pam na chaiff neb sangu dros y trothwy. Ond nid i ddangos fy ystafell i ti y gwahoddais di i mewn, ond i sôn wrthyt am y daith i Lundain.'

'Wyt ti o ddifri, Lowri? holodd Gwen wedyn.

'Ydw, wrth gwrs,' atebodd ei chwaer. 'Ac mi gei dithau ddŵad efo mi. Mi gawn aros noson ym Mhlas Corwen efo Modryb. Efo'r goets yr awn ni i Gorwen, ond mi gawn fenthyg y cerbyd a'r gweision gan Modryb i fynd ymlaen o'r fan honno.'

Llonnodd Gwen drwyddi pan glywodd sôn am Blas Corwen. Byddai'n union fel yr hen amser gynt pan oedd Lowri a hithau yn enethod bach yn cysgu efo'i gilydd, ac yn mwynhau bywyd o ysbleddach diofal yng nghartref eu modryb. Cofiai fel y byddai eu llawenydd a'u brwdfrydedd yn eu rhwystro rhag cysgu'r nos pan fyddai addewid am iddynt gael mynd yn y cerbyd melyn mawr ar daith i rywle drannoeth. Ond taith fechan fyddai honno bob amser er yr ymddangosai'n faith iddynt hwy, dim pellach na Llangollen, fan bellaf. Ond o'r diwedd, dyma fynd i Lundain!

'Be' sy'n galw am iti fynd mor bell yr adeg yma o'r flwyddyn?' holodd Gwen. 'Ond os ydi'n well gen ti beidio dweud, fydda i ddim dicach. Mi ddof efo ti i unrhyw le, heb ofyn cwestiwn,' ychwanegodd yn frysiog.

'Eisio ateb y cwestiwn yna sydd arna i,' meddai Lowri. 'Gwrando, Gwen. Mi wyddost, wrth gwrs, fod pris wedi ei osod ar fywyd Richard ac mae o wedi colli ei diroedd. Mae o'n waeth nag alltud, mae o'n herwr ac mi gaiff pwy bynnag wnaiff ei ladd o ei wobrwyo. Fedri di feddwl am y fath beth? Yn wir, mae'n syn gen i fod fy synhwyrau heb eu hamharu! Ond erbyn hyn, trwy drugaredd, mae modd prynu rhyddid Richard, dim ond talu'r pris amdano. Ac mae'r pris yn uchel. Petai'r llywod-raeth heb feddiannu stad Richard yn Ninbych pan gafodd o'i gondemnio, mi fuasen ni wedi ei gwerthu er mwyn cael y pridwerth. Ond nid ein heiddo ni ydi hi, bellach. Does gen ti na finnau ddim eiddo gwerth sôn amdano. Ond waeth i ti p'run, mae arian pridwerth Richard gen i'n llawn erbyn hyn! Ydi!' meddai'n fuddugoliaethus. 'Mae'r pris i'w dalu am fywyd a rhyddid Richard gen i! Mae o yn ei grynswth yn yr ystafell lle'r wyt ti a finnau'r funud 'ma. Weli di rŵan pam rydan ni'n mynd i Lundain?'

Gwrandawai Gwen yn astud ar ei chwaer, a rhyf-eddai ei chlywed. Ond daeth ias sydyn o ofn i'w chalon. Beth pe digwyddai rhywbeth i'r fath swm mawr o arian a oedd yn y tŷ unig yma? Mi fyddai'n ddigon am fywyd Lowri.

'Ond Lowri bach,' mentrodd ei hatgoffa, 'be' am y Brodyr Llwydion? Be' tasen nhw'n dod i wybod am yr holl arian sydd yn y tŷ 'ma? Mi fyddai'n ormod o demtasiwn iddyn nhw! Cofia mai lladron ac ysbeil-wyr ydyn nhw! Wyt ti'n siŵr nad dyna sy'n eu tynnu nhw yma?'

'Dim peryg yn y byd,' heriodd Lowri'n bendant. 'Mae'r Brodyr Llwydion wedi bod yma ac wedi mynd oddi yma. Dos trwy'r holl dŷ i chwilio amdanyn nhw, os mynni di. Ond weli di ddim arlliw ohonyn nhw. Mi elli gymryd 'y ngair i nad oes raid i ti ofni'r Brodyr Llwydion pan fo eiddo'r Dryslwyn yn y cwestiwn.'

Ond ni allai beidio â sylwi ar yr olwg bryderus yn llygaid Gwen.

'Bendith arnat ti, Gwen,' meddai, braidd yn ddiamynedd, 'gad i'r Brodyr Llwydion lle maen nhw, a meddylia am y foment y cawn ni Richard yn ôl yn ddyn rhydd! Pa wahaniaeth fod ei dai a'i diroedd o wedi mynd? Ni pia'r Dryslwyn! Bywyd a rhyddid Richard sy'n bwysig!'

Disgleiriai ei llygaid tywyll fel sêr, a mentrodd Gwen ofyn iddi,

'Wyddost ti ble mae Richard ar hyn o bryd, Lowri?'

'Gwn, wrth gwrs,' meddai hithau ar amrantiad. 'Mae o'n nes atat ti o lawer nag wyt ti'n freuddwydio!'

PENNOD 16

Ar y Groesffordd

Yr oedd yr eira'n dadmer ac yr oedd golwg oerllyd ar yr holl wlad o amgylch Tafarn y Ddraig pan safai'r Ustus Llewelyn a Gruffydd Ellis yn ffenestr yr ystafell fwyta i aros i'r goets gyrraedd.

112

Edrychai'r ddau ar hyd y ffordd wleb, ddidramwy, a'r eira wedi meirioli'n byllau lleidiog yn ei phantiau, ac ar y teisi mawn a frithai'r corsydd o bobtu iddi.

'Mae'r oerni parhaus 'ma'n codi'r felan ar ddyn,' meddai'r Ustus. 'Mi glywais nhad yn dweud ganwaith os chwythai gwynt y dwyrain ar ddydd Gŵyl y Meirw, na chaen ni ddim ond y gwynt hwnnw'n byliau oerion am dri mis, ac felly mae hi wedi digwydd eleni. Mae'r cenllysg a'r eira a'r corwyntoedd 'ma yn ddiddiwedd.'

Deuai aroglau hyfryd o'r gegin y tu cefn iddynt, aroglau crasu bara ar y radell, a phetris yn rhostio o flaen y tân.

'Rydw i'n credu fod acw betris ar gyfer Siaspar hefyd,' ychwanegodd yr Ustus, gan dynnu anadl hir er mwyn synhwyro'r aroglau. 'Mae hwn yn temtio archwaeth dyn. Fydd acw byth aroglau bwydydd da yn y Faenor fel sydd yma, beth bynnag ydi'r rheswm am hynny.'

'Mae'ch lle chi mor fawr, Ustus, a'r ceginau mor bell, fel nad oes modd i'r aroglau dreiddio drwodd,' meddai Gruffydd Ellis, gan wenu.

Daeth rhyw ddwyster i'w lygaid, a throdd y stori at destun oedd yn nes i'w galon o lawer iawn.

'Ond rydw i'n teimlo'n bur siomedig wedi i mi eich clywed chi'n dweud pam y mae Lewys Siaspar yn dŵad yma heno efo'r goets,' meddai. 'Wnes i ddim breuddwydio y buasech chi byth yn rhoi'r gorau i'r busnes, naddo'n wir!'

'Rydach chi'n camddeall,' atebodd yr Ustus. 'Nid rhoi'r gorau i'r busnes yn gyfan gwbl rydw i am wneud. Mae hynny'n amhosibl. Meddwl yr oeddwn i am dynnu pethau i mewn dipyn.'

'A gwerthu'r hen *Arabella*, mae'n debyg,' meddai Gruffydd Ellis gydag ochenaid.

Trodd yr Ustus ato mewn syndod.

'Gwerthu'r *Arabella*?' meddai. 'Rargian fawr! Na wnaf byth! Mi fyddai'n haws gen i werthu fy chwaer fy hun, petai gen i un, na gwerthu'r hen *Arabella*! Ond fedra i ddim ceisio mynd i'r Senedd a gwylio pethau yn y fan yma'r un pryd. Dyma ydw i'n fwriadu'i wneud. Trefnu i'r *Arabella* fynd â, dywedwch, chwe llwyth i Aberdaugleddau am un i ni yma. Mi fydd Siaspar yn falch, wrth gwrs.'

'Mi fydd Catrin, fan yna, yn falch hefyd,' meddai Gruffydd Ellis, gan amneidio dros ei ysgwydd i gyfeiriad y gegin. 'Mae hi wedi hen flino ar y busnes. Ond wnes i 'rioed feddwl amdanoch chi mewn cysylltiad â'r lecsiwns 'ma, naddo'n wir.'

'Mae hi'n hen bryd i rywun feddwl,' meddai'r Ustus, gan ymchwyddo dipyn. 'Mae'n rhaid i rywun fod â'i lygaid yn ei ben, yn lle bod y Whigs 'na yn cael popeth eu ffordd eu hunain. Tasa'r dyn Bute 'na wedi bod dipyn hwy yn ei swydd, mi fyddai wedi gwneud dirfawr les i'n busnes ni. Un iawn am dolli oedd Bute. Mi roddodd doll mor drwm ar seidr nes yr oedd yn bleser i ddyn ei smyglo. Ond ar ôl i'r eneth 'na ddŵad o hyd i'n cuddfan, dydw i ddim yr un dyn. Tybed fedr rhywun atal tafodau merched?'

'Wnaiff y ferch ifanc yna byth ein bradychu,' meddai Gruffydd Ellis yn bendant. 'Diolchwch mai hi ddaeth ar draws y lle. Meddyliwch y fath helynt fyddai yna tasa rhyw ferch arall wedi ein darganfod! Wel, ar fy ngwir, dacw hi'n dod, ar y gair, efo'r hen Eban!'

'Symudwch dipyn o'r ffordd i mi gael cip arni,' meddai'r Ustus. 'Welais i 'rioed mohoni, ond yn nhywyllwch y gell. Geneth dlos ryfeddol, yntê! O'r arswyd! Maen nhw'n dŵad i mewn yma! Gobeithio'r nefoedd na wnaiff hi fy nabod i!'

Agorwyd y drws, a safodd Eban i Gwen ddod i mewn yn gyntaf. Ar ôl siarad gair â Gruffydd Ellis, ac iddo yntau ei chyflwyno i'r Ustus, aeth yr eneth ar ei hunion i'r gegin at Catrin Ellis, ac Eban yn honcian ar ei hôl.

'Doedd dim diben torri gair â'r hen ŵr. Mae o mor fyddar â phren,' sylwodd yr Ustus, gan roi ochenaid o esmwythâd fod Gwen wedi ei gyfarch yn naturiol a charedig. Iddo ef yr oedd hynny yn brawf eglur nad oedd wedi ei adnabod fel yr un a'i caeodd yng Nghrochan y Smyglwyr.

Ond yr oedd yn camgymryd. Yr oedd Gwen wedi adnabod ei osgo a'i lais, ac wedi sylweddoli yn y fan mai hwn oedd y gŵr a barodd y fath oriau o ddychryn iasol iddi. Yr Ustus Llewelyn o bawb! Ewythr Arthur!

Ond medrodd ei meddiannu ei hun heb drafferth, a theimlai y gallai erbyn hyn faddau iddo. Gŵr gorffwyll, diobaith, wedi ei gornelu ydoedd y noson honno, a dim ond gwarth a dinistr disyfyd yn ei wynebu.

Rhoddodd Catrin Ellis gadeiriau iddynt, ond ni fynnai Gwen eistedd am ei bod ar frys. Ond ymollyngodd Eban i gadair freichiau wrth y tân. Ni fyddai gan yr hen ŵr fawr o sgwrs â neb un amser, gan fod ei glyw mor drwm, a'i olwg, o dan yr aeliau trymion, yn dechrau pallu.

'Mae'r fasged neges yn y fan yma,' meddai Catrin Ellis. 'Mi ddaeth Gruffydd o'r ffair yn bur gynnar heno, ac mi gafodd gaws ac ymenyn a pheilliad i chi.'

Yr oedd y genethod wedi gadael y gegin er mwyn gosod y bwrdd yn barod erbyn i'r goets gyrraedd, ac aeth Catrin Ellis ar ei gliniau o flaen y tân i roi tro ar y petris. Sylwodd Gwen ei bod yn dal pen rheswm ag Eban, ac yntau, yn rhyfedd iawn, yn ei deall heb iddi brin godi ei llais. Meddyliodd yr eneth iddi glywed enw Arthur fwy nag unwaith, a gwelodd Eban yn ysgwyd ei ben ac yn edrych i'w chyfeiriad, cyn codi'n drafferthus a chyrraedd am y fasged drom.

'Fi sy'n mynd i gario'r fasged,' meddai Gwen. 'Dŵad yn gwmni i mi ddaru chi, Eban, nid i gario beichiau.'

Ond yr oedd yr hen ŵr mor benderfynol a hithau, ac aeth y ddau allan o'r tŷ i ganol y prysurdeb mwyaf. Yr oedd y goets newydd gyrraedd, a'r teithwyr yn hel eu pecynnau at ei gilydd, yr hostler yn rhyddhau'r ceffylau o'r siafftiau, ac un arall ag ysgrafell yn ei law yn eu harwain i'r ystablau. Gwelai Gwen yr Ustus yn sefyll ar y palmant ac yn ysgwyd llaw â gŵr yn gwisgo het befar wen a oedd newydd ddisgyn o'r goets. Adnabu ef fel yr un a gyd-deithiai â hi pan ymosodwyd arnynt gan y Brodyr Llwydion.

Daeth pethau'n fyw i'w chof tra oedd yn cerdded yn araf trwy'r byrwellt gwlyb yng nghwmni Eban.

Unwaith bu bron iddi lithro i ferddwr, ond gafaelodd Eban ynddi mewn pryd a daliodd hi yn ddiogel.

'Fyddai hi ddim yn well inni fynd trwy'r groes-ffordd heno, trwy fod y gulffordd yn llawn o byllau?' meddai Gwen yng nghlust Eban. 'Roedd 'y nhraed i'n wlyb domen wrth ddŵad i lawr drwyddi.'

Cydsyniodd yntau, a throdd y ddau i gyfeiriad y pentref, er bod cymaint ddwywaith o daith i'r Dryslwyn wrth fynd y ffordd honno rhwng y gelltydd coediog. Aethant heibio i fythynnod cymharol wasgarog, nes dod at glwstwr o dai yng nghwr y pentref. Yna, mynd heibio'r bracty, a'r odyn, nes dod i drofa lle croesai'r ffordd heibio i lyn y felin, gan ddirwyn yn igam-ogam at y groesffordd a gyfunai fân heolydd y pentref. Cyn dod i olwg y groesffordd, clywent sŵn lleisiau aflafar yn torri ar dawelwch y cyfnfos.

'Rwy'n credu bod rhywun yn cael ei roi yn y rhigod,' meddai Gwen. 'Druan ohono, pwy bynnag ydi o, ar noson mor oer.'

Pan ddaethant i'r golwg, heibio talar ysgwyddog, gwelent heidiau o laslanciau a merched wedi cyrchu i'r groesffordd, ac yn plethu trwy'i gilydd mewn berw gwyllt. Gwyddai Gwen nad peth newydd yn hanes y pentref oedd gweld rhyw greadur mewn llyffethair ar y groesffordd am ryw drosedd digon diniwed, yn enwedig ar noson ffair neu farchnad yn y dref. Byddai rhywun byth a beunydd wedi yfed gormod, ac yn cadw stŵr ar ôl rhialtwch ac ysbleddach y ffair. Câi gyfle i sobri yn y rhigod.

'Na,' meddai Eban, 'Mae yna fwy o fwstwr na hynny. Nid dyna ydi'r helynt, beth bynnag.' Yr oedd y sŵn mor ferwinol nes treiddio i glyw Eban hyd yn oed.

Wrth nesu at y lle, gwelai Gwen ŵr penwyn, mor fusgrell a diamddiffyn ag Eban, a geneth ifanc lwydaidd yn gafael yn dynn yn ei fraich, fel pe'n herio'r haid fygythiol a dyrrai o'u cwmpas. Clywai Gwen hwy'n bloeddio.

'I'r llyn â hi! Rheibes ydi hi! Trochwn hi! Boddwn hi!'

'Ac mi gaiff yr hwn ŵr aros yn y rhigod drwy'r nos,' gwaeddai rhai eraill. 'Fydd o ddim mor barod i glera wedyn.'

'Rhag cywilydd i chi!' meddai Gwen yn danbaid. 'O, rhag eich cywilydd chi yn maeddu hen ŵr!' A daeth dagrau o dosturi i'w llygaid.

Yr unig sylw a gafodd oedd ei hyrddio yn ôl gan balff o ddyn hanner meddw. Ond nid oedd atal ar Gwen. Teimlai ei gwaed yn berwi, ac ymwthiodd ymlaen yn ei dicter nes ei bod bron â chyrraedd y ddau druan yn y canol. Gwelai'r eneth yn edrych yn wyllt o gwmpas, gan chwilio am ryw ddihangfa rhag ei herlidwyr. Ymlaen yr ymwthiai Gwen, heb sylweddoli ei bod yn mynd i ddannedd perygl. Yr oedd y dorf ddireol newydd ddychwelyd o'r ffair, a'r rhan fwyaf ohonynt wedi yfed yn rhy helaeth o'r medd a'r cwrw-brag-haidd a werthid ar stondinau'r dref. Yr oedd yn amlwg fod rhywbeth wedi eu ffyrnigo tuag at yr hen ŵr gwargam a'r eneth a afaelai mor dynn ynddo.

Yn sydyn, torrodd yr argae, a rhuthrodd un o'r terfysgwyr rhwng yr hen ŵr a'r eneth i'w gwahanu. Cafodd gymorth parod i wneud hynny, a chlywai Gwen waedd ingol yr eneth wrth iddynt ei llusgo i ffwrdd. Ond y funud nesaf, yr oedd hi ei hun wedi cymryd lle'r eneth ac yn amddiffyn yr hen ŵr orau y medrai gan afael yn dynn yn ei fraich grynedig.

Cyn gynted ag y gafaelodd Gwen ynddo, cododd un o'r rhai a oedd ar y cyrion garreg ac anelodd hi at yr hen ŵr. Ond medrodd Gwen sefyll rhyngddo a'r ergyd, a thrawyd hi yn ei hysgwydd.

'Rydw i'n synnu atoch chi!' gwaeddodd ar uchaf ei llais clir. 'Ond mi gewch chi dalu am hyn! Dydi cyfraith gwlad ddim yn caniatáu creulondeb fel hyn!'

Chwarddodd y rhai nesaf ati'n wawdlyd. Ond aeth ychydig ohonynt yn anniddig, a chlywid hwy'n murmur enw'r Ustus. Ciliasant o lech i lwyn allan o'r tryblith, ond caeodd y lleill yn gylch bygythiol am Gwen a'r hen ŵr. Yr oedd eu cyfeddach wedi magu'r fath hyfdra ac ehofnder ynddynt nes peri iddynt eu hanghofio eu hunain mewn cynddaredd a oedd yn drech nag ofn, a cheisiodd y rhai mwyaf beiddgar ohonynt lusgo Gwen oddi wrth yr hen ŵr.

'Os gollyngwch chi'r hen glerwr, mi gewch fynd yn rhydd,' meddai llarp o ddyn cydnerth a oedd ar y blaen iddynt. 'Os na wnewch chi, mi gewch fynd efo'r rheibes 'ma i'r llyn am feiddio ymyrryd.'

'I'r llyn â hi! I'r llyn â hi! Mi fydd y naill yn gwmni i'r llall!' bonllefai rhai o'r merched mwyaf anwar, a ddilynai'r llanciau i'w cynhyrfu a'u hannog i wneud pob ystryw.

Rhoddodd Gwen ei braich dros ysgwydd lwyd-aidd yr hen ŵr, ond dyma gawod o dywyrch yn disgyn arnynt. Yn ei dicter ceisiodd ei gorau glas i dorri trwy'r cylch ffyrnig oedd o'i chwmpas ac am funud synnwyd y dorf gan ei heofnder, a chiliasant yn ôl ychydig. Ond buan y gafaelodd dwylo gerwin yn ei breichiau drachefn a dechreuodd y llanciau nwydwyllt ei llusgo hi a'r hen ŵr ar ôl yr eneth a oedd erbyn hyn bron â llewygu ar lan y llyn.

Yn sydyn, uwchlaw'r heldrin, treiddiodd sŵn clec chwip trwy'r clochdar fel ergyd o wn. Cyn i neb synhwyro beth oedd yn digwydd, yr oedd chwip marchog yn troelli o gwmpas, ac yn ymglymu fel sarff dorchog am ysgwyddau, breichiau a phob rhan arall o gyrff y glaslanciau beiddgar, gan eu hysgubo ymaith fel dail gwyw o flaen corwynt. Gwasgarwyd yr haid afreolus, a oedd yn gymaint cewri pan oeddynt yn ymosod ar hen ŵr crynedig a merch ddiamddiffyn, ac yr oedd eu hochain a'u nadau aflafar yn profi fod torchiadau'r chwip yn gadael gwrymiau llidiog ar ôl pob cyffyrddiad. Yr oedd eu hwynebau wedi gwelwi a'u calonnau'n crynu wrth iddynt redeg cyn gynted ag y gallent, a'r chwip ddi-ildio yn eu cyrraedd o bob cyfeiriad.

Safodd Gwen heb symud gewyn, a bu am ysbaid cyn deall bod gwaredydd wedi dod o rywle i erlid y terfysgwyr ymaith fel yr erlidir haid o anifeiliaid gwylltion. Mewn ychydig eiliadau, nid oedd neb ar y groesffordd ond Gwen, yr hen ŵr, a'r marchog.

Heb yngan gair, diflannodd y marchog yntau fel

drychiolaeth, a chlywent sŵn carnau ei farch yn distewi yn y pellter. Ond yr oedd Gwen wedi ei adnabod.

Un o'r Brodyr Llwydion ydoedd!

PENNOD 17

Penbleth Gwen

Un o'r pethau cyntaf a wnaeth Gwen ar ôl dod dipyn ati ei hun oedd edrych a welai Eban yn rhywle. Ond er ei syndod, yr oedd wedi diflannu. Er ei fod yn llesg a methiannus, rhyfeddai'r eneth iddo ei gadael ar drugaredd twr o ymosodwyr ffyrnig heb hyd yn oed aros i weld a allai ddod o'r helbul yn ddianaf.

Ond nid oedd hanes ohono yn unman, na neb i'w weld ond yr eneth yn ymlusgo o lan y llyn gan wylo yn hidl. Ceisiai'r hen ŵr ddiolch yn ddrylliog i Gwen, ond ni allai'r eneth, a oedd erbyn hyn wedi cyrraedd y groesffordd, yngan gair.

'Rhaid i chi ddŵad efo mi i dŷ fy chwaer i'r Dryslwyn,' meddai Gwen. 'Mi gewch bryd o fwyd ac ymgeledd yno. Dewch, rhaid i ni fynd heb golli amser. Does wybod yn y byd pa mor fuan y daw'r llanciau 'na yn ôl.' Trodd at yr eneth, ac meddai, 'Rhaid i chi ymwroli, er mwyn yr hen ŵr. Gafaelwch yn ei fraich. Dewch rhag blaen.'

'Mae nhad yn ddall,' meddai'r eneth. 'Dyna wnaeth i mi wylltio pan daflodd un o'r bechgyn garreg ato fo. Dyna oedd dechrau'r helynt i gyd.'

'Mi gewch ddweud yr hanes ar ôl i ni gyrraedd y Dryslwyn,' meddai Gwen.

Cerddodd y tri mor gyflym ag y gallent nes cyrraedd y drysni. Pan oeddynt ar y llwybr rhwng y gwrychoedd daeth cawod o wlithlaw fel gorchudd llwyd dros y clogwyni uchel a warchodai'r Dryslwyn ac nid gorchwyl hawdd oedd tywys dyn dall, anghyfarwydd â'r ffordd, trwy lwybrau troellog, culion, y drysni.

Pan ddaethant i olwg y tŷ, yr oedd y drws yn agored led y pen, a Lowri yn rhedeg i'w cyfarfod. Daeth deigryn i'w llygad pan welodd yr hen ŵr penwyn a'r gwaed hyd ei ruddiau, yn cael ei arwain gan y ddwy eneth i fyny at y tŷ.

Cafodd Gwen syndod pan gyraeddasant y gegin fawr, gynnes. Yr oedd pryd o fwyd wedi ei baratoi ar eu cyfer, a Margiad yn ystwyrian yn ôl a blaen rhwng y bwrdd a'r tân. Yr oedd Lowri a Margiad, yn ddiamau, yn disgwyl y ddau estron ac wedi darparu ar eu cyfer. Sut y gwyddent eu bod wedi eu harbed o afael y bechgyn anwar, ac y deuai hi, Gwen, â'r crwydriaid gyda hi i'r Dryslwyn?

'Ddaeth Eban yn ôl?' oedd ei chwestiwn cyntaf, ac fel ateb iddi, agorodd drws y gegin a daeth yr hen ŵr i mewn a chynnud yn ei ddwylo. Edrychodd ar y crwydriaid am ennyd, heb ddweud gair, cyn taflu'r cynnud ar y tanllwyth tân.

Ar ôl cael ei digoni, dechreuodd yr eneth ddweud yr hanes.

'Mi fydd nhad a minnau yn mynd i'r marchnad-oedd a'r ffeiriau i werthu creiriau,' meddai, 'ac mi fyddwn yn cael croeso ar hyd a lled y wlad. Byddwn weithiau yn Nôl Gynwal, wrth ymyl Penmachno, ac yng Ngwanas, wrth droed Bwlch yr Oerddrws. Weithiau yng Ngharno, ac weithiau cyn belled â Llanwddyn yn Sir Drefaldwyn. Mi wyddoch am y gwestai, mae'n siŵr. A phan fyddwn ni'n mynd i ffeiriau Sir Gaernarfon, cyn belled â Nefyn, mi fyddwn yn cael y croeso cynhesaf yn y ffermydd hynny sy'n rhydd oddi wrth ddegwm. Mae llawer ohonyn nhw ymlaen o Glynnog am Ben Llŷn. Ar ein taith y ffordd honno yr ydan ni rŵan, a chawson ni erioed, yn unman, brofiad mor enbyd o chwerw â heno.'

'I ble'r oeddech chi'n ceisio mynd heno?' holai Lowri.

'I'r Herber. Rhyw bum milltir sydd 'na o ffordd oddi yma, yntê? Mae gwestai'r Herber, fel y gwyddoch chi, yng nghymdogaeth yr eglwys, ac mae nhad ac offeiriad eglwys Sant Ioan Fedyddiwr yn gyfeillion mawr, er mai crwydriaid ydyn ni,' atebodd yr eneth. Gwelodd ei bod yn cael gwrandawiad astud, ac aeth ymlaen.

'Yn wir, mae pawb yn garedig dros ben wrthon ni'n dau. Tua adeg y Nadolig fel hyn, mi fyddwn fel rheol yn mynd ar daith glera. Mae nhad yn medru chwarae'r crwth—roedd o'n fab i Rhydderch y crythor—ac mi fydda innau'n canu baledi. Pan fyddwn ni ar daith glera, mi fyddwn ni yn cael aros yn y tai. Fyn fy nhad yr un bywyd arall.'

'Ond meddyliwch am y perygl i hen ŵr fel eich tad wrth deithio o le i le,' meddai Gwen. 'Meddyliwch beth allasai fod wedi digwydd iddo fo heno oni bai . . . oni bai am y marchog.'

'Wnaeth peth fel yna erioed ddigwydd yn ein hanes ni o'r blaen,' meddai'r eneth unwaith eto. 'A damwain oedd iddo ddigwydd heno. Arna i roedd y bai. Pan oedden ni'n croesi drwy'r pentref, mi welsom dwr o ddynion yn ymryson â'i gilydd ar y groesffordd. Roeddan nhw wedi diota'n drwm yn y ffair, ac mi daflodd un ohonyn nhw garreg ar ein holau ni. Fuaswn i byth wedi cyffroi oni bai i'r garreg daro nhad ar ei ael, a phan welais i'r gwaed yn llifo, mi gollais y 'nhymer ac mi deflais y garreg yn ôl atyn nhw, ei lluchio hi â'm holl egni i'w canol nhw. Dyna ddechrau'r helynt, ac mi fynnen nhw wedyn 'mod i'n rheibes.' Trodd at Gwen, ac meddai dan deimlad dwys, 'Wn i ddim be' fuasai wedi dŵad ohonon ni oni bai amdanoch chi a'r marchog hwnnw, bendith arno fo. Mae'n siŵr mai Duw anfonodd o i'n harbed ni.'

Swniai'r geiriau yn rhyfedd yng nghlustiau Gwen. Yn ei barn hi, yr oeddynt yn ymylu ar fod yn gabledd. Gwyddai mai anaml y byddai neb yn bendithio'r Brodyr Llwydion. Bychan a wyddai'r eneth ddieithr mor bell oedd gweithredoedd y Brodyr Llwydion o deilyngu clod a bendith. Yn sicr, nid oedd Gwen yn teimlo'n ddiolchgar tuag atynt, ers y noson yr ymosodwyd ar y goets. Y gwrthwyneb oedd yn wir. Torrodd geiriau Lowri ar draws ei meddyliau.

'Rhaid i chi aros yma heno,' meddai wrth y ddau grwydryn. 'Ac mi gewch fynd ymlaen ar eich taith i'r Herber bore fory. Mi wn am westy'r pererinion sydd wrth ymyl eglwys Sant Ioan Fedyddiwr, ac am rai o'r gwestai eraill roeddech chi'n sôn amdanyn nhw. Dydw i ddim yn meddwl am foment y gwnaiff neb ymyrryd â chi eto yn y pentra yma. Mae'n debyg y bydd llawer o'r gwehilion yna yn rhy ddolurus i gysgu heno ar ôl blas y chwip, ac mi gân nhw hamdden i edifarhau am eu ffolineb.'

Edrychodd Gwen ar ei chwaer mewn syndod. Nid oedd neb wedi sôn am y ffordd yr achubwyd hwy gan y marchog, ar wahân i gyfeiriad cynnil yr eneth a hithau at y peth. Sut, felly, yr oedd yn bosibl i Lowri wybod fod y marchog wedi defnyddio chwip mor effeithiol ar y terfysgwyr? Eban? Na, nid oedd Eban wedi cael amser i adrodd yr hanes. A bwrw ei fod wedi aros yn ddigon hir ar gwr y dorf i weld y marchog yn cystwyo'r giwed ymaith, ni fuasai byth wedi medru cyrraedd y Dryslwyn gymaint ar y blaen i Gwen i gael amser i adrodd yr hanes, a rhoi digon o amser i Lowri a Margiad allu paratoi pryd o fwyd ar gyfer y crwydriaid. Yr oedd y peth yn amhosibl. Pwy, ynteu, oedd wedi dweud yr hanes wrth Lowri?

Tra oedd yn pendroni ynghylch y peth, gwelai ei chwaer yn dod yn ôl i'r gegin. Nid oedd Gwen wedi sylwi arni'n mynd oddi yno, ond yn awr yr oedd yn dychwelyd gyda chod drom ac yn ei gosod ar y bwrdd.

'Cymerwch hwn,' meddai wrth y ddau grwydryn. 'Hwyrach y bydd o help i chi at y dyfodol. Na, peidiwch â diolch i mi, na'm bendithio chwaith! Dydw i ddim yn ei haeddu. Y peth lleia alla i ei wneud ydi helpu rhywun sydd ag angen arnyn nhw. Tyrd, Gwen, mae arna i eisio siarad efo chdi.'

Arweiniodd Lowri y ffordd i'w hystafell. Ond wedi cyrraedd yno, yr oedd yn amlwg ei bod wedi anghofio yr hyn y bwriadai ei ddweud. Eisteddai gan syllu'n syth o'i blaen, ond heb edrych ar ddim yn neilltuol. Yr oedd gan Gwen ddigon i feddwl amdano heb wneud un osgo i dorri ar y dis-tawrwydd. Lowri oedd y gyntaf i wneud hynny.

'Feddyliais i 'rioed fod gen ti gymaint o blwc,' meddai o'r diwedd. 'Roedd hi'n anodd ofnadwy imi roi'r god arian 'na i'r hen ŵr. Roedd 'na bunnoedd lawer ynddo fo. Gwaith casglu pur ddygn, ond dyna fy nyletswydd i, yntê? Roedd ei angen o yn fwy na fy angen i. Fedrwn ni fynd i Lundain rŵan, tybed, wedi i mi roi'r holl arian 'na iddo fo? Ond fedrwn i yn fy myw beidio â'i roi. Mae hi'n curo ar y gwan bob amser. Roedd gweld gwaed ar wyneb yr hen ŵr 'na yn mynd at 'y nghalon i.'

Syllodd yn fud a synfyfyrio i'r tân, wedi ymgolli yn ei meddyliau ei hun am ychydig.

'Na, wnaiff o ddim gwahaniaeth i'n siwrnai, wyddost ti,' meddai o'r diwedd. 'Rydw i'n meddwl bod gen i ddigon, er imi roi'r god i'r hen ŵr. Oes, mae, reit siŵr. Ac rwyt tithau yn haeddu dy ganmol am yr hyn wnest ti heddiw.'

Wrth glywed Lowri yn ei chanmol, mentrodd Gwen ofyn y cwestiwn a losgai yn ei mynwes.

'Sut roeddet ti'n gwybod y deuwn i â'r ddau grwydryn efo mi i'r Dryslwyn, Lowri? Roedd popeth yn barod gennyt ti ar eu cyfer.'

'Dyna gwestiwn ynfyd!' meddai Lowri. 'Mi wyddwn yn eithaf da na fuaset ti byth yn gadael dau mor dlawd a diamddiffyn i fynd ar eu taith heb damaid o fwyd ac ymgeledd. Ac i ble'r aet ti â nhw ond yma? Pe baet wedi eu gadael nhw i gymryd eu siawns ar y groesffordd, nid fy chwaer i fuaset ti!'

'Ie, ond sut y gwyddet ti fod un o'r Brodyr Llwydion wedi dod i'r adwy? Pwy ddywedodd wrthyt ti beth oedd wedi digwydd?' holodd Gwen.

Edrychodd Lowri'n dreiddgar ym myw llygaid ei chwaer am ennyd, ac yna atebodd yn dawel,

'Richard!'

PENNOD 18

Richard

Syllodd Gwen yn gegrwth ar ei chwaer wrth glywed yr ateb annisgwyl. Sut ar y ddaear yr oedd Richard o bawb wedi llwyddo i weld a chlywed y cwbl? Ym mhle'r oedd o'n cuddio? Ni fuasai byth yn cymysgu â'r gwehilion oedd ar y groesffordd, ac nid oedd na thorlan na choeden nac un man arall i lechu yn agos i'r lle.

'Richard!' meddai'n methu credu. 'Lle'r oedd o, Lowri?'

Yn lle ei hateb, cododd Lowri ac aeth i sefyll wrth ganllaw'r grisiau. Edrychai fel pe bai'n gwrando'n astud a gallai Gwen glywed sŵn cerdded araf i fyny'r grisiau. Daeth Lowri'n ôl.

'Eban sydd 'na,' meddai. 'Mae'r tân wedi mynd yn isel, wel'di, ac mae o'n dŵad â thanwydd.'

'Mi af i'w gyfarfod o, gan nad ydi o'n cael dŵad i mewn i'r ystafell yma,' meddai Gwen. 'Mi gaiff arbed cerdded i ben y grisiau.'

'Eistedd i lawr. Gad iddo fo. Waeth iddo fo ddŵad mwy na pheidio, bellach,' meddai Lowri'n ddifater.

Edrychodd Gwen arni mewn penbleth. A oedd ei chwaer wedi llwyr anghofio'r hyn a ddywedodd ychydig o nosweithiau'n ôl ynghylch yr ystafell yma, na châi hyd yn oed Margiad sangu dros ei throthwy? Ac yn awr, yr oedd yn hollol ddidaro ynghylch y lle, a'r drws, a fyddai'n arfer bod o dan glo, yn agored led y pen i Eban ddod â'r cynnud ar y tân. Mwy na hynny, pan ddaeth yr hen ŵr i mewn dan ei faich, dechreuodd Lowri siarad yn gyfrinachol â Gwen heb gymaint a gostwng ei llais.

'Wyddost ti, Gwen,' meddai'n hyglyw. 'Pan orfodwyd fi i adael Castell Maredydd yn Ninbych, nid dŵad i'r Dryslwyn i bendrymu a dihoeni a chladdu fy hun yn fyw wnes i. O na! Roedd gen i ddau amcan mewn golwg. Un amcan oedd cael byw efo Richard, a'r llall oedd ceisio ei gael yn ddyn rhydd. Mi gefais 'y nymuniad cyntaf yn ddigon rhwydd, ac erbyn hyn, mae'r ail ar fin cael ei sylweddoli.'

Tra siaradai, yr oedd Gwen wedi ceisio edrych yn rhybuddiol arni fwy nag unwaith, gan amneidio â'i phen i gyfeiriad Eban, y tu ôl iddi. Ond ni chymerai Lowri y sylw lleiaf ohoni.

'Lowri! Lowri!' sibrydodd o'r diwedd, 'cyn i ti ddeud dim pellach o'r pethau cyfrin yma, gad i Eban fynd allan o'r ystafell yma, da chdi!'

'Eban?' meddai Lowri, a gwên ddireidus ar ei genau. 'Lle mae o? Dydi o ddim yma.'

Trodd Gwen ei phen i edrych dros ei hysgwydd i gyfeiriad Eban, a bu agos iddi â llewygu. Nid oedd hanes o Eban yn unman. Yn ei le, safai gŵr ifanc tal, a'i wallt yn tonni uwchben talcen llydan, a hoywder gobaith yn byrlymu yn ei lygaid tywyll.

'Richard!' meddai Gwen, gan neidio ato mewn llawenydd. 'O, Richard! O ble daethoch chi? Ffordd daethoch chi i mewn?'

Cusanodd Richard hi yn gyfeillgar. 'Trwy'r drws.' meddai gan wenu. 'Er eich bob chi'n deud wrth Lowri am fy nhroi allan rhag i mi glywed eich cyfrinion.'

'O, Richard, wnes i ddim deud y fath beth!' taerai Gwen. Ond tawodd yn sydyn. Syrthiodd ei llygaid ar sypyn mawr crwn ar lawr wrth droed Richard Wynne, a glynodd ei golygon wrth farf wen, laes a orweddai yn ymyl y pwn, y farf a ddisgynnai'n flêr dros gernau Eban! Gwelai hefyd berwig claerwyn ar lawr a syllodd arnynt yn hurt a syfrdan.

Richard Wynne oedd yr hen ŵr, ac yr oedd wedi byw yn y tŷ yma yr holl amser a hithau heb amau hynny am foment! Chwarddodd Lowri'n braf am ben ei phenbleth, a dawnsiai direidi lond ei llygaid.

'Ie, dyma fo'r crwmach oedd ar ei gefn,' meddai'n chwerthinog, gan bwyntio â'i bys at y pwn a oedd ar lawr. 'A dyma'r gwallt, a'r farf wen, laes, a dyma'r aeliau brithion, trymion. Weli di? Dyna fo Eban, ar lawr yn y fan yna! Wyt ti'n deall rŵan pam yr oeddwn i'n cadw pawb draw o'r ystafell yma?

Ystafell Richard a fi oedd hon. Ac mi fuasai'n breifat o hyd oni bai fod fy ail amcan ar fin dŵad i ben. Mae'r arian yn barod i brynu rhyddid Richard. A chaiff hyd yn oed Nia bach ddim gweld ei thad, a'i adnabod o, nes bod y pardwn yn fy llaw ac yntau'n ddyn rhydd. Weli di rŵan pam yr oedd arna i gymaint o ofn i neb ddŵad ar gyfyl y Dryslwyn 'ma?'

'Rydw i'n methu'n glir â sylweddoli mai Eban ydi Richard, neu Richard ydi Eban,' meddai Gwen yn ffwndrus, gan syllu ar y dyn ifanc tal, unionsyth a safai â'i gefn at y tân.

'Mae arna i ofn mai yn fy nghwman y bydda i'n cerdded o hyn ymlaen,' chwarddodd Richard, gan roi cic ysgafn i'r pwn ar y llawr. 'Rydw i wedi cynefino gymaint â'r dull yma o honcian. Ond mae bywyd yn werth ei fyw, hyd yn oed bywyd dan gwmwl. Lowri, ydach chi am ddeud y cwbl wrth Gwen?'

'Ydw, os medr hi ddal ysgytwad arall,' meddai Lowri. 'Ond wyddost ti be', Gwen, ar Margiad mae hi wedi bod galeta yn ystod yr holl amser. Yr oedd mor groes i'r graen iddi alw Eban ar Richard, a gwaethaf yn ei dannedd, mi lithrai'r "syr" allan heb yn wybod iddi wrth siarad efo fo. Dyna pam yr oedd arna i ofn i ti achwyn ar ôl yr hyn ddigwyddodd i ti yn y gell honno. Mi fyddai gwŷr y gyfraith yn ffeindio ar Margiad fod Eban yn rhywun heblaw fo 'i hun, neu dyna oeddwn i'n dybio, ac mi fyddai hynny'n dwyn helynt mawr ar ein pennau ni. Ond mae'r ofnau i gyd ar ben rŵan, diolch i'r nefoedd!'

'A finna'n meddwl bod Richard yn un o'r smyglwyr,' meddai Gwen, 'ac mai dyna pam yr oeddet ti mor awyddus imi beidio â sôn wrth neb am Grochan y Smyglwyr.'

'Na,' meddai Lowri, 'ofn oedd arna i y buaswn i, wrth geisio dial ar un adyn, yn agor y ffordd i fynd â Richard i'r ddalfa. Y peth olaf oedd arna i eisio oedd cael gwŷr y gyfraith yn busnesu yn y cyffiniau.'

'Eitha gwir,' meddai Gwen. 'Rydw i'n gweld pethau'n weddol glir rŵan. Ac wrth gwrs, yr oedd yn amhosibl i Eban—Richard ydw i'n feddwl— ddŵad i'r adwy i'n hachub ni ar y groesffordd. Mi fyddai'n rhy beryglus i hen ŵr geisio'n helpu.'

'Ond Richard ddaru'ch achub chi,' meddai Lowri. 'Pwy arall?'

'Mi wyddost yn iawn pwy ddaru,' meddai Gwen, â thinc cerydd yn ei llais. 'Y marchog. Un o'r Brodyr Llwydion.'

'Richard oedd y marchog,' atebodd Lowri. 'Richard ydi un o'r Brodyr Llwydion!'

PENNOD 19

Y Brodyr Eto

Methai Gwen yn lân a sylweddoli'r ffeithiau a bentyrrai Lowri arni, y naill un ar ôl y llall. Eban! Richard! Doedd yna'r un Eban yn bod, felly! Gwyddai fod gan Margiad frawd o'r enw Eban, ond nid oedd erioed wedi ei gyfarfod hyd nes iddi ddod

131

i'r Dryslwyn. A Richard oedd Eban! I bob golwg, hen ŵr methiannus, cwmanog, oedd Eban, ac nid oedd modd i'r llygaid craffaf sylwi ei fod yn ddim amgenach. Yr oedd rywfodd wedi llwyddo i newid ei osgo, ei ystum a'i gerddediad!

Ond yr oedd Richard yn un o'r Brodyr Llwydion! Dyna'r ergyd drymaf, a'r fwyaf anhygoel! Nid oedd modd dygymod â hynny. Richard Wynne, uchelwr Castell Maredydd yn Ninbych, yn ysbeiliwr, yn lleidr pen-ffordd! Yr oedd yn wir fod ei fywyd, fel ei diroedd, wedi eu fforffedu i'r llywodraeth, ond yr oedd y bywyd o ysbeilio a arweiniai yn sicr o'i arwain i angau gwaradwyddus. Ond o ran hynny, dyna oedd ei dynged hyd yn oed pe na buasai'n ysbeiliwr. Nid oedd y gosb ond yr un. Yr oedd o dan ddedfryd marwolaeth o'r dydd y cyhoeddwyd ef yn herwr, am iddo arbed ei gyfaill rhag marw o haint ofnadwy'r carchar er nad oedd hynny'n fradwriaeth ac nad oedd a wnelo gwleidyddiaeth ddim â'r peth.

Ond peth hollol wahanol oedd bod yn ysbeiliwr, yn un o'r Brodyr Llwydion, ac ni fedrai Gwen yn ei byw ddygymod â'r syniad hwnnw. Er mai'r cyfoethogion a ysbeiliai, ysbeiliwr ydoedd, serch hynny.

Troi a throsi a wnâi yn ei gwely y noson honno, heb allu cau ei hamrannau a'i meddyliau'n llawn o ofnau annelwig. Gwyddai, wrth gwrs, mai anturiaethwr oedd Richard wrth natur. Byddai ei ddewrder yn ddiarhebol cyn i'r gwarth disymwth ddisgyn arno. Nid oedd y fath beth ag ofn yng ngwaed Richard Wynne o gwbl. Ond yn awr yr oedd wedi troi'r rhinweddau hyn, a fuasai'n gymaint o werth i'w wlad, yn arf gref yn ei herbyn.

Ond y syndod mawr i Gwen oedd bod Lowri yn caniatáu iddo beryglu cymaint ar ei fywyd. Sut yr oedd hi, o bawb yn gallu dygymod â bod yn wraig i leidr pen-ffordd! Richard Wynne o bawb, yr uchelwr balch, yn un o'r Brodyr Llwydion! Ond yr oedd dau ohonynt. Pwy oedd y llall, tybed? Yr oedd yn bur debyg mai rhyw gyfaill i Richard ydoedd. Ond nid oedd a wnelo hwy ddim â hynny.

Torrodd gwawr y bore a Gwen mor effro â phan aeth i'w gwely. Meddyliodd beth tybed a ddywedai ei modryb o Blas Corwen pe gwyddai. Beth a ddywedai Arthur? Ceisiodd ddwyn ar gof bopeth a glywodd am y Brodyr Llwydion. Yr oedd yn wir eu bod yn barod i helpu'r truan a'r anghenus bob amser. Rhaid oedd bod yn deg. Ond ysbeilwyr oeddynt, serch hynny, ysbeilwyr y ffordd fawr!

Crwydrodd meddwl Gwen yn ôl dros ddigwydd-iadau'r wythnosau a aeth heibio er pan adawodd Blas Corwen gyda'r freichled saffir i Lowri. Fel y tyrrai'r atgofion yn ôl o ddolen i ddolen gallai weld ystyr i lawer o bethau a fu'n ddirgelwch iddi. Gwelodd nad tâl am loches a nodded oedd y freich-led, ond mai Richard ei hun a'i dygodd yno! Nid oedd ryfedd i Lowri wylltio a chynhyrfu pan holodd hi yn ei chylch!

Cofiodd fel yr oedd Margiad wedi dod i mewn i'r ystafell y noson honno i ddweud bod Eban wedi brifo, ac fel yr oedd Lowri wedi rhuthro ato mewn dychryn. Nid oedd ryfedd iddi ddychrynu. Richard oedd wedi ei anafu! Ond ai â bwyell yr anafwyd ef?

Rhuthrai llu o atgofion trwy ei meddwl cythryblus, ond erbyn iddi fynd i lawr o'i hystafell, gwelai fod popeth yn y Dryslwyn yn mynd ymlaen fel arfer. Yr oedd yr hen ŵr dall a'i ferch newydd orffen bwyta ac wedi cychwyn ar eu taith. Yr oedd Margiad wrthi'n brysur yn twtio'r gegin ac fel yr edrychai Gwen trwy'r ffenestr gwelai Eban yn yr ardd yn torri boncyff derw, a Lowri yn sefyll yn ei ymyl yn ei wylio.

Yr oedd y Nadolig yn agosáu, a barnodd Lowri mai doeth fyddai peidio â theithio i Lundain ar adeg pan fyddai cymaint o drafnidiaeth a gwartheg ar y ffyrdd. Tua'r gwyliau fel hyn y byddai'r porthmyn yn mynd â'u gyrroedd yn lluoedd i Loegr i'w gwerthu yn Barnet a Smithfield ac Ashford.

'Mi awn ni yn union deg ar ôl y Nadolig,' addawodd i Gwen. 'Does arna i ddim eisio colli diwrnod, wyddost, ond wedi aros cyhyd, mi allaf fforddio oedi bellach nes bod y Nadolig drosodd er mwyn cael mwy o hamdden ar y daith. A pheth arall, hwyrach na fydd modryb yn rhyw fodlon iawn inni gael y cerbyd a'r gweision ar fin y Nadolig, trwy mai gartref y bydd pawb yn hoffi bod ar yr ŵyl.'

Yr oedd yn fore oer, rhewllyd ac yr oedd yn rhaid cerdded yn ofalus rhag llithro ar yr eira caled dan draed. Codai mwg cudynnog yn syth o simneiau'r Dryslwyn, ac nid oedd chwa i ysgwyd hyd yn oed y mymryn lleiaf o lwydrew oddi ar y manwellt. Yr oedd Eban yn ddarlun perffaith o hen ŵr gwargam, a methai Gwen yn lân â dirnad sut y gallai fod yn Richard Wynne. Tybed ai rhyw hunllef fyw oedd

134

y cyfan? Craffodd yn fanwl arno, a chododd yntau ei ben yn sydyn. Ond yr oedd yr olwg ddireidus yn ei lygaid byw o dan yr aeliau trymion yn ei sicrhau mai Richard ydoedd mewn gwirionedd. Chwarddodd y ddau heb reswm yn y byd.

'Rydan ni'n torri boncyff ar gyfer y Nadolig,' meddai Lowri, gan roi ei braich dros ysgwydd Gwen. 'Mae 'na goeden gelyn yn yr hafn sy'n agor i'r gulffordd ac mae hi'n llawn o aeron cochion. Tyrd yno efo mi i dorri tipyn o'r brigau.'

Wrth gerdded rhwng y gwrychoedd, daeth syniad fel saeth i feddwl Gwen. Os mai Richard oedd un o'r Brodyr Llwydion, tybed ai Arthur oedd y llall? Rhyfeddodd na fuasai wedi meddwl am hynny ynghynt.

'Gwrando, Lowri,' meddai, a'i gwefusau'n crynu. 'Mi wn mai Richard ydi un o'r Brodyr Llwydion, ond pwy ydi'r llall?'

Edrychodd Lowri arni mewn syndod. 'Wnes i ddim deud wrthyt ti?' meddai. 'Fi ydi'r llall. Richard a finnau ydi'r Brodyr Llwydion!'

PENNOD 20

Y Daith

Eisteddai Lowri a Gwen yng ngherbyd melyn mawr eu modryb ar eu ffordd i lys brenin Lloegr. Yr oedd yn rhaid i Lowri gael cyflwyno'r pridwerth â'i llaw ei hun i'r brenin. Yr oedd gan ei modryb gyfnither a ddigwyddai fod yn ffafr y frenhines ar y pryd ac yr oedd hi wedi trefnu iddi gael mynedfa i'r llys.

Carlamai'r pedwar ceffyl ar hyd ffordd ramantus ar draws un o wastadeddau mawr Lloegr. Eisteddai un o weision Plas Corwen ar sedd uchel y tu ôl i'r cerbyd ac yn y llyfryn bychan yn ei law yr oedd braslun o'r daith, y trefi, y pentrefi, y rhydau a'r afonydd yr oedd yn rhaid eu croesi. Yr oedd yr afonydd y diwrnod hwnnw yn rhedeg dros eu ceulannau ar ôl dyddiau o lawogydd di-ball, ac nid oedd pontydd dros y mwyafrif ohonynt.

Yr oedd meddyliau Gwen yn derfysglyd ar ôl yr ergyd annisgwyl a gafodd pan ddeallodd pwy oedd y Brodyr Llwydion. Treiddiasai geiriau Lowri yn ymyl y goeden gelyn fel saeth i'w chalon. Yr oedd wedi condemnio Richard mor llym yn ei meddwl am mai ef oedd un o'r Brodyr Llwydion, ond pan glywodd o enau Lowri ei hun, heb rithyn o gywilydd, mai hi ei hun oedd y llall, tybiodd Gwen nad oedd trychineb mwy yn ei haros. Lowri! Ei heilun! Lowri yn ysbeilio teithwyr y ffordd fawr!

Gwyddai fod ei chwaer yn anturus ac yn ddibris o'i diogelwch ei hun, a'i bod wedi mentro'r gwaethaf er mwyn cael arian i dalu pridwerth ei gŵr. Dyna'r unig esgus dros y peth. Ond nid oedd hynny'n ddigon o reswm gan Gwen iddi allu maddau i'w chwaer am yr hyn a wnaeth a dywedodd wrthi'n groyw a diamwys yr hyn a feddyliai ohoni. Cododd hynny wrychyn Lowri ar unwaith.

'Oeddet ti'n meddwl mewn difri y buaswn i'n medru aros yn llonydd yn y Dryslwyn, heb godi bys bach i achub Richard?' meddai'n danbaid. 'Choelia i fawr! Oeddet ti'n meddwl y buaswn i'n gadael i 'ngŵr fyw mewn ogofau neu ym mherfeddion coedwigoedd, a finnau'n segur ac yn dawel fy meddwl, yn disgwyl i ryw wyrth ddigwydd rywsut, rywdro? Dwyt ti ddim wedi fy nabod i eto, 'ddyliwn. Os mai mewn rhyw ffau neu ogof y buasai Richard, yno y buaswn innau'n byw hefyd, mi elli fentro hynny.'

Edrychodd ar Gwen â her yn ei llygaid, ac aeth ymlaen i'w hamddiffyn ei hun.

'Yr oedd yn rhaid i mi gael y pridwerth,' meddai. 'Yr oedd yn rhaid i mi achub Richard! Mi fyddai'r boneddigion ffroenuchel wedi synnu pe gwydden nhw nad oedd berygl yn y byd yn y gwn oedd yn eu bygwth. Glywaist ti am y Brodyr Llwydion yn saethu rhywun erioed? Na, choelia i fawr! Ond mi gafodd Richard ei saethu. Wyt ti'n cofio'r noson? Wna i byth mo'i hanghofio. Aros di nes y byddi di yn caru rhywun fel yr ydw i'n caru Richard, a beia fi wedyn.'

Fel y teithiai'r cerbyd ymlaen, âi calon Gwen yn ysgafnach o hyd. Yr oedd yn gweld synnwyr yn eglurhad ei chwaer a theimlai nad oedd pethau cynddrwg ag yr ofnai. Yr oedd gyrfa'r Brodyr Llwydion ar ben, ac ni chlywid mwyach sôn amdanynt mewn gwlad na thref. Ond fel yr ysgafnhâi calon Gwen, yr oedd ysbryd Lowri yn trymhau. Yr oedd rhyw amheuon cas wedi meddiannu'r eneth eofn. Ni allai beidio â theimlo bod rhywbeth mawr ar ddigwydd ac âi'n fwy anesmwyth fel yr aent ymlaen.

Dechreuodd nosi, a'r cerbyd erbyn hyn wedi gadael y gwastadeddau ac yn gyrru ymlaen ar hyd ffordd droellog rhwng llwyni coed lle roedd y tylluanod yn araf ddeffro o gwsg y dydd i loddesta yn y gwyll. Tywynnai ambell seren gynnar rhwng y cymylau duon a ymlidiai ei gilydd ar draws y ffurfafen. Yr oedd arwyddion sicr o law yn yr awyr.

Rhoddodd Lowri amnaid trwy ffenestr y cerbyd ar i'r gwas a eisteddai ar y sedd ôl estyn ei lyfr iddi.

'Rhaid i ni aros dros nos yn y gwesty cyntaf a gyrhaeddwn,' meddai gan graffu yng ngolau lantern y cerbyd ar y llyfr. Gwelai nad oeddynt nepell oddi wrth un o westai'r goets fawr, a chyn hir yr oeddynt wedi ei gyrraedd.

Cyn amser gwely yr oedd wedi dod i lawio o ddifrif a da oedd ganddynt gael lle i ymochel. Cysgodd Gwen cyn gynted ag y rhoddodd ei phen ar obennydd. Ond yn lle cwsg, deuai'r amheuon a'r ofnau yn ôl i boeni Lowri. Pistyllai'r glaw gan guro yn erbyn y ffenestr a gwyddai y byddai'r afonydd yn llifo dros eu ceulannau yn waeth nag erioed ac y byddai'n anodd teithio drannoeth.

Felly yn union y bu. Ar ôl teithio diwrnod arall, dechreuodd nosi a'r cerbyd mewn lle anial. Ar un ochr i'r ffordd tyfai rheng ar reng o goed i fyny i drumiau gelltydd serth. Ar yr ochr arall ymestynnai ehangder o dir gwastad, lle y tyfai ychydig o lin a rhyg, bob yn ail â chorsydd, cyn belled ag y gwelent. Disgrifiai'r llyfryn y tir o gwmpas fel gweundir corslyd a dangosai fod rhyd lydan i'w chroesi cyn hir.

Gyrrai'r coetsmon y ceffylau nerth carnau, er mwyn croesi'r afon cyn iddi dywyllu. Edrychai Lowri allan trwy'r ffenestr a sylwodd fod y coed gydag ymyl y ffordd, lle y gallai lladron lercian, wedi eu torri am gryn bellter i fyny'r llechwedd, a theimlai'n falch o hynny. Ond er bod cyfraith gwlad yn gorfodi torri'r coed er mwyn amddiffyn teithwyr, gwyddai yn iawn na ellid sicrhau y byddent yn ddiogel. Beth pe digwyddai i ysbeiliwr ruthro arnynt?

Hyd yn hyn, yr oedd ffawd wedi ei helpu i lwyddo yn ei hanturiaethau. Ond gallai'r ffawd honno droi yn ei herbyn ar y funud olaf. Gafaelodd yn dynnach yn y blwch gwerthfawr o dan ei mantell.

'A pha fesur y mesuroch, yr adfesurir i chwithau,' sibrydodd wrthi ei hun. Yr oedd y geiriau wedi bod yn troi yn ei meddwl ers tro fel rhyw hunllef, ac yn awr dyma hi wedi eu dweud.

'Oeddet ti'n dweud rhywbeth?' gofynnodd Gwen. 'Roeddwn i'n rhyw hanner cysgu.'

'Nac oeddwn,' atebodd Lowri. 'Ond mae'n hwyr glas gen i gael croesi'r afon 'na. Mae hi'n tywyllu'n gyflym.'

Yr oedd wedi arafu bwrw, ond cymerai llwydni'r nos wawr o ddüwch erbyn hyn, ac nid oedd y lleuad wedi codi eto. Yn rhywle ym mherfeddion y coed yr oedd sŵn rhuthr y rhaeadrau yn dychryn y ddwy eneth, ac yr oedd y gwlybaniaeth diddiwedd wedi gwneud y ffordd yn dryfrith o byllau lleidiog.

Teithient trwy wlad wahanol erbyn hyn. Tonnai'n wrymiau a phantiau bob yn ail. Weithiau âi'r cerbyd ar y goriwaered, yna dringai i fyny

139

llethr serth a'r ceffylau yn tynnu o ochr i ochr er mwyn lladd yr allt. Yn sydyn, pan oeddynt bron ar waelod gallt, gwelai'r gyrrwr y rhyd lydan y byddai'n rhaid ei chroesi cyn dechrau dringo'r llethr a oedd yn union gyferbyn.

Arafodd y cerbyd cyn cyrraedd y gwaelod, er mwyn cymryd gwib a'i dygai drwy'r afon, ac i fyny'r llechwedd yr ochr arall iddi. Ond gwelwyd bod yr afon wedi chwyddo gan y glawogydd fel ei bod yn chwyrlïo'n felynddu ar draws y ffordd. Edrychai fel dŵr o lyn corddi pan agorid y fflodiart, a hwnnw'n lli o liw'r mawn.

Aeth un o'r gweision at lan yr afon i weld a oedd lle y gellid ei chroesi yn rhywle, ond daeth yn ôl i ddweud bod y lli yn rhedeg yn rhy gryf.

Dechreuodd y lleuad daflu ei llewyrch dros ysgwydd y bryn coediog gyferbyn â hwy, a safai'r gweision mewn cyfyng-gyngor beth fyddai ddoethaf i'w wneud. Fel rheol, ni fyddai'r cerbydau yn cael unrhyw drafferth i groesi'r afon arbennig hon, ond y tro hwn yr oedd yn beryglus iawn.

'Does dim i'w wneud ond mentro,' penderfynodd Lowri. 'Fedrwn ni ddim aros yn y fan yma trwy'r nos, a does 'na ddim tŷ i'w weld yn unman yr ochr yma i'r afon. Wn i ddim pryd y gwelson ni dŷ ddiwetha', wyddost ti, Gwen?'

'Roedd hi'n olau dydd, beth bynnag,' atebodd Gwen. 'Rydw inna'n credu hefyd mai mentro trwodd fydd rhaid, ac mi gawn aros yn y gwesty cyntaf welwn ni ar ôl croesi.'

'Ie, dyna fyddai orau,' barnodd y gyrrwr. 'Mi fedrwn garlamu trwodd ond inni duthio'n ddigon cyflym i lawr o'r fan yma i waelod yr allt. Dos di, Siencyn, ar gefn y ceffyl blaen. Rŵan, pawb i'w le. Rhaid imi glecian dipyn ar y chwip.'

Carlamodd y ceffylau yn eofn i'r lli, ac wrth ymegnïo ymlaen cyraeddasant yr ochr arall heb i'r dŵr gyrraedd fawr uwch nag echel yr olwynion. Ond wrth geisio cychwyn i fyny'r allt gyferbyn, llithrodd y ceffylau yn ôl, a bu bron i'r gwas a farchogai gael ei daflu i'r afon. Yr oedd olwynion y cerbyd wedi suddo'n ddwfn i'r llaid, ac nid oedd modd eu rhyddhau er i'r gweision annog y ceffylau ymlaen ar uchaf eu lleisiau. Neidiodd y gweision i lawr, ond er tynnu'n galed ym mhennau'r ceffylau, a defnyddio'r chwip, nid oedd dim yn tycio.

Penderfynwyd mai'r unig beth i'w wneud oedd i'r gweision ryddhau'r ceffylau, ac i ddau ohonynt farchogaeth i'r dref nesaf i ofyn am help ychwaneg o geffylau i dynnu'r cerbyd.

'Mi awn ninnau i fyny'r allt acw i weld a oes tŷ yn agos yn rhywle, i ni gael c'nesu,' meddai Lowri. 'Mi gefais i gip ar olau trwy'r coed fan acw, a lle mae 'na olau, mae 'na dân. Tyrd, Gwen, hwyrach y cawn ni rywbeth cynnes i'w yfed ac y cawn ni eistedd i sychu'n dillad i aros i'r gweision ddod yn ôl.'

Dyna ddechrau dringo i fyny gallt goediog, a'r lleuad yn llachar olau mewn awyr lasddu. Yr oedd yn finiog oer, a gafaelai Lowri yn dynn yn y blwch gwerthfawr.

'Dacw fo'r golau,' meddai'n sydyn, gan bwyntio trwy'r coed. 'Weli di o? Oes, mae 'na dai yn y fan acw, reit siŵr. Mae 'na ddau neu dri o oleuadau heb fod yn rhyw agos iawn i'w gilydd. Weli di nhw?'

Er bod y ddwy yn crynu gan annwyd, yr oedd y golau gwan o'u blaenau yn eu calonogi. Ond pan oedd yn dringo i fyny'r llechwedd coediog, meddyliodd Lowri ei bod yn gweld cysgod rhywun neu rywbeth yn symud y tu ôl i'r gwrychoedd, a siffrwd yn y mân brysgwydd. Safodd yn sydyn i wrando. Ond nid oedd dim i'w glywed ond cri gwynfanus tylluan yn y pellter.

'Be' sydd, Lowri?' gofynnodd Gwen yn ofnus. 'Pam nad ei di yn dy flaen?'

'Wn i ddim,' meddai hithau'n amheus. 'Meddwl wnes i 'mod i'n gweld cysgod rhywbeth yn symud y tu ôl i'r gwrychoedd yna.'

'Paid â chodi bwganod, da chdi,' meddai Gwen. 'Rhyw aderyn nos sydd wedi ei gyffroi, reit siŵr. Clyw'r dylluan 'na!'

Ond yr oedd Lowri'n sicr nad aderyn nos a glywodd. Yr oedd rhywun heblaw Gwen a hithau ar y llechwedd coediog y noson honno.

PENNOD 21

Aberth Lowri

Ailgychwynnodd Lowri, a Gwen yn ei dilyn, ar hyd llwybr a gordeddai i fyny'r llechwedd rhwng y coed praff. Ond fel yr aent ymlaen clywent sŵn mân briciau o dan draed rhywun heblaw hwy eu hunain. Oedd, yr oedd rhywun yn ddiamau yn cerdded yn llechwraidd i'w canlyn. Cofiai Lowri iddi wneud yr un peth yn union i eraill fwy nag unwaith a gwyddai'n awr sut y teimlent.

'A pha fesur y mesuroch ...' Daeth y geiriau eto i ferwino ei chlustiau.

O, beth a wnâi pe dygid pridwerth Richard oddi arni!

Wedi iddynt gyrraedd pen yr allt gwelent dŷ mewn argel yng nghysgod craig. Ffermdy ydoedd, a barnu oddi wrth yr adeiladau o'i gwmpas, ac yr oedd golau gwan mewn dwy o'i ffenestri. Ychydig i'r dde, gwelent olau arall a gwyddai Lowri fod ei damcaniaeth yn gywir. Yr oedd yno fwy nag un tŷ. Ond yn rhyfedd iawn, er eu bod bron wedi cyrraedd i blith pobl, meddiannwyd hi gan ryw ofn amwys, a bu'n agos iddi â throi'n ôl. Ond cofiodd am y siffrwd yn y gwrych a sŵn y mân briciau. Beth tybed oedd y cysgod du a'u dilynodd? A pha fath o dŷ oedd hwn?

Megis yn reddfol gwthiodd y blwch gwerthfawr yn sydyn i ddwylo Gwen.

'Aros di yng nghysgod y goeden yn y fan yna,' sisialodd. 'Mi af yna fy hun i weld sut le sydd yna. Os bydd yno groeso imi, mi ddof allan mewn eiliad i dy nôl.'

Ufuddhaodd Gwen a churodd Lowri ar y drws. Ond ni chafodd ateb. Curodd yn drymach, ond nid oedd arwydd bod neb yn symud yn y tŷ. Cododd y gliced a cherddodd yn araf i mewn. Daeth sawr finegr a chadach llosg i'w ffroenau, ond ni ddeallodd eu harwyddocâd ar y pryd. Aeth ar ei hunion i gegin lom, ac yn y fan honno, wrth dewyn o dân, gwelai hen wraig yn eistedd yn ei chrwmach.

Daliai ei dwylo i'r marwydos a disgynnai ei

143

gwallt brith, aflêr, dros ei gruddiau rhychiog. Syllodd ar Lowri yn oerfud lonydd. Yna, heb ddweud gair pwyntiodd â'i bys crynedig at wely a oedd ar lawr yn y pen draw, a gorchudd tlodaidd drosto. Y funud honno, sylweddolodd Lowri ystyr y sawr finegr a'r cadachau llosg. Unig foddion yr adeg honno i ddiheintio'r frech wen oeddynt!

Y frech wen! Yr haint andwyol a oedd wedi dod i'r wlad o'r cyfandir gyda'r carcharorion rhyfel, gan anadlu marwolaeth a chreu dychryn mewn dinas-oedd a phentrefi. Gwyddai pawb, erbyn hyn, am ei heffeithiau ofnadwy, a'r hagrwch a adawai ar ei ôl pe digwyddai i'r truan wella o'r haint.

Y peth cyntaf a ddaeth i feddwl Lowri oedd ffoi allan am ei bywyd. Cychwynnodd tua'r drws, ond ataliwyd hi gan eiriau'r hen wraig.

'Maen nhw i gyd wedi gadael y lle 'ma ond fi,' meddai'n araf a chwerw heb ddangos unrhyw syndod o weld estron ar lawr y tŷ. 'Maen nhw i gyd wedi ffoi. Mae dau wedi marw yn y tŷ 'ma, a dau eto yn wael iawn; un yn y fan yna a'r llall yn y llofft. Rydw inna wedi ei gael o hefyd, a chaiff neb mohono fo fwy nag unwaith. Dau eto'n marw—a neb i wneud dim! Dim! Does yma ddim bwyd na chyffuriau, dim ond yr ychydig ddaw yr hen offeir-iad i'r drws. Ac mae yntau'n dlawd. Mae o mor dlawd â ninnau! Does yma ddim arian. Mae 'na ddau dŷ arall yn uwch i fyny. Mae hi cyn waethed yn y fan honno. Peth ofnadwy ydi haint a thlodi. Mae'r anifeiliaid wedi eu troi allan i fyw neu farw ar y comin. Does 'na neb i'w bwydo nhw. O Dduw, trugarha!'

Trodd yr hen wraig i fingamu unwaith eto uwchben y mymryn tân, gan anwybyddu Lowri fel petai heb ei gweld nac wedi yngan gair â hi. Syllai'n anobeithiol ar ddim, heb wneud unrhyw osgo i fynd yn agos at y trueiniaid a oedd yn dioddef.

Daeth rhyw ddirgryndod dros holl gorff Lowri, a safodd am funud mor llonydd a mud â'r hen wraig. Yna trodd ei golygon yn araf ac ofnus i gongl dywyll yr ystafell lle gorweddai'r claf heb un arwydd o fywyd ynddo, o dan faich o garpiau. Syllodd arno am ennyd mewn cyfyng-gyngor. Caeodd ei llygaid a phlethodd ei dwylo.

'Richard!' meddai dan ei hanadl, ar ôl munud o ddistawrwydd. 'O, Richard!' Yna cerddodd yn benderfynol at y drws, a'i theimladau bron â bod yn drech na hi.

'Gwen!' galwodd allan i lwydni'r nos. 'Wyt ti yna? Paid â dŵad gam yn nes, Gwen bach! Mae'r frech wen yma, a phawb o'r teulu wedi ffoi, ond un hen wraig. Rydw i am aros yma, Gwen. Wyt ti'n clywed? Gwrando rŵan yn ofalus. Agor y blwch— mae'r 'goriad ynghudd yn yr ochr. Agor y blwch a thyn allan y god drymaf. Wyt ti'n deall, Gwen? Pan gaea i'r drws, dim munud ynghynt, rho'r god ar lechen y drws. Paid â dŵad yr un cam yn nes, rŵan!'

'O, Lowri!' daeth llais Gwen o'r cysgodion. 'Chei di ddim aros yma dy hun! Mi ddof yna atat ti! Rydw i'n dŵad . . .'

'Rho dy reswm ar waith, eneth!' torrodd Lowri ar ei thraws yn ddiamynedd. 'Pa well fyddai pethau wrth i bawb beryglu ei fywyd? Be' wyt ti'n feddwl ddaw o'r gweision a'r cerbyd wrth y rhyd? Meddylia am bryder Richard a Modryb pe diflannet ti a finna! Gwna di'n union be' ydw i'n 'i ddeud! Dos yn ôl at y cerbyd ac aros yno nes daw'r gweision yn eu holau. Wedyn dos adra i'r Dryslwyn yn ôl. Wyt ti'n deall? Dos yn ôl i'r Dryslwyn,' ail-bwysleisiodd y geiriau'n araf. Yna ychwanegodd yn gyflym, 'Dydi o ddiben yn y byd i ti fynd ymlaen i lys y brenin heb fod y pridwerth yn llawn, ac wedi i ti roi'r god drymaf ar garreg y drws yma, mi fydd ymhell o fod yn llawn! Dywed y cwbl wrth Richard. Mi fydd Richard yn deall . . . A pha fesur y mesuroch . . . O Richard! Rydw i'n cau'r drws, Gwen!'

'Na, gadewch o'n agored am ychydig eto,' meddai llais crynedig o'r tywyllwch. 'Duw a'ch bendithio, fy merch, pwy bynnag ydach chi. Mae gen i ychydig o fwyd a chyffuriau yn y fan yma. Mi fyddaf yn gadael peth bob dydd ar garreg y drws ac wrth ddrysau'r trueiniaid sydd o gwmpas. Mae'r ochr yma i'r afon yn heintus iawn. Dydw i ddim wedi cael yr afiechyd fy hun, neu mi fuaswn yn mynd i'r tai i weini cysur ac ymgeledd. Ond os trewir fi i lawr, mi fydd ar ben ar yr ychydig sydd ar ôl. Mae pawb, bron, wedi ffoi gan adael i'r meirw gladdu eu meirw. Roeddwn i'n eich gweld chi yn dŵad drwy'r coed ac roeddwn i'n meddwl fod rhai o'r teulu wedi mentro dŵad yn ôl.'

'Chi, felly, ydi'r offeiriad sy'n gwneud cymwynasau,' meddai Lowri, gan geisio craffu i'r cysgodion. Ond yr oedd y lleuad dan gwmwl, ac nid oedd modd iddi weld dim. 'Mae fy chwaer allan yn y fan yna. Mi gewch god o arian ganddi hi. Mae yna ddigon ar gyfer pob angen am amser maith i'r trueiniaid anffodus sydd o'ch cwmpas chi. Cymerwch o.'

'Ond Lowri bach!' meddai Gwen yn gynhyrfus, 'Gad i mi aros efo chdi! Be' ydi dy feddwl di?'

'Meddwl fy mod i'n gwneud fy nyletswydd,' atebodd Lowri yn gadarn ac yn groyw. 'Dos yn ôl i'r Dryslwyn,' ychwanegodd, cyn i Gwen gael cyfle i ailymbilio â hi, 'a gad i Richard wybod y cwbl . . .'

'Un gair eto cyn i chi gau'r drws,' meddai'r hen ŵr dan deimlad dwys. 'Mae'n amhosibl mesur a phwyso yr hyn ydach chi'n ei wneud, ond mae fy ngweddïau wedi eu hateb a chymorth parod wedi dod! Duw a'ch gwaredo ac a'ch bendithio, fy merch annwyl i. Roeddwn i'n eich clywed chi'n sibrwd "a pha fesur y mesuroch". Felly yn union yr adfesurir i chwithau am yr hyn yr ydach chi wedi ei wneud. Rydw i'n rhoi'r ychydig bethau wrth y drws. Duw a'ch cadwo!'

Clywai Gwen ryw dagfa ryfedd yng ngwddf ei chwaer wrth iddi ymbalfalu am y lluniaeth. Yna caeodd y drws. Yr oedd Lowri wedi ei gadael yn unig yng nghanol haint a marwolaeth.

Nid oedd gan yr eneth ddewis ond ufuddhau i'w chwaer. Rhoddodd y god i'r offeiriad, ac ar ôl derbyn ei fendithion bloesg, aeth i lawr y goriwaered coediog. Ac fel y suddai ei thraed i'r tir soeglyd gwyddai ei bod yn mynd ymhellach, bellach oddi wrth Lowri. Ond yn raddol, arafodd ei chamre.

'Na,' meddai'n benderfynol wrthi ei hun, 'af i ddim i'r 'Dryslwyn yn ôl. Pridwerth neu beidio, mi geisia i wneud y gwaith y bwriadai Lowri ei wneud. Mi af ymlaen i Lundain, doed a ddelo!'

PENNOD 22

Llys y Brenin

Ar ôl gadael Lowri a chyrraedd y rhyd, ni bu'n rhaid i Gwen aros yn hir cyn i'r gweision ddychwelyd gyda gwŷr a cheffylau, a buan y llwyddwyd i ryddhau olwynion y cerbyd o'r llaid. Rhyfeddodd y gweision weld Gwen ar ei phen ei hun, a synasant fwy byth pan glywsant y rheswm am hynny. Nid oedd un o'r gweision yn rhyfeddu dim, fodd bynnag. Gŵr canol oed oedd ef, wedi ei eni a'i fagu ar ystad Corwen.

'Dyna'n union be' fuasai hi'n ei wneud,' meddai. 'Ond biti garw iddi fynd i'r tŷ i gychwyn. Mi glywais gan rai o borthmyn Corwen fod y frech wen yn ddrwg iawn yn Lloegr, wedi dŵad o'r cyfandir efo'r hen ryfeloedd 'na. Ond feddyliais i erioed y byddai'r un ohonon ni yn dŵad i gyffyrddiad â'r aflwydd.'

Ymhell cyn cyrraedd y brifddinas yr oedd Gwen wedi mynd i amau doethineb ei byrbwylltra yn mentro ymlaen heb Lowri. Dylasai fod wedi ufuddhau i orchymyn ei chwaer, a mynd yn ôl i'r

Dryslwyn nes y deuai gwell trefn ar bethau, ac y ceid y pridwerth yn gyflawn unwaith eto.

Teimlai fel pe mewn breuddwyd pan gyrhaedd-odd dŷ cyfnither ei modryb ac yr oedd hithau hefyd yn synnu ei gweld ei hun, heb Lowri. Yr oedd Gwen yn rhyw hanner ddisgwyl y byddai'n cynnig talu'r diffyg yn yr arian gan ei bod yn bur gyfoethog. Ond pan adroddodd y stori wrthi, gan adael allan bopeth ynglŷn â'r Brodyr Llwydion, ni wnaeth osgo i ddod i'r adwy mewn unrhyw ffordd. Yr oedd yn wraig ddoeth, a gwyddai beth fyddai orau i Richard a Lowri yn yr argyfwng hwn.

Treuliodd Gwen y noson cyn cael mynediad i lys y brenin mewn pangfeydd o ofn a dychryn. Gwyddai y buasai Lowri, gyda'i dawn swynol a huawdl yn medru pledio ei hachos nes toddi'r galon galetaf. Ond Lowri oedd honno! Byddai Lowri yr un mor rhydd gyda bonedd a gwreng, ac enillai galon pawb. Ond yr oedd y syniad o ymddangos yn llys y brenin yn cynhyrfu Gwen drwyddi, a bron â'i llethu yn llwyr. Beth a wnâi? O, beth a wnâi?

Gwaeth na'r cwbl, yr oedd y pridwerth yn fyr o swm sylweddol. Buasai hyd yn oed Lowri yn oedi a phetruso cyn ymddangos yn y llys o dan y fath amgylchiadau. Ond beth amdani hi, Gwen, a'i swildod mawr? A sut oedd ymddwyn mewn lle o'r fath? Yr oedd yr ofnau yn pentyrru ar ei gilydd, a rhwng hynny a'r boen meddwl ynghylch Lowri, teimlai bron â drysu.

Ond dirwyn ymlaen a wnâi'r oriau. Clywai'r gwyliwr yn cyhoeddi pob awr o'r nos ac yn disgrifio'r tywydd. Nid oedd modd dal munud yn ôl,

149

ac yr oedd yn dda i Gwen na wyddai mai yng nghanol gloddest y llys y câi weld y brenin, neu byddai'n sicr o fod wedi rhoi'r gorau iddi ar y funud olaf. Yr oedd hi'n meddwl mai mewn ystafell ar eu pennau eu hunain y byddai hi a'r brenin.

Pan gyrhaeddodd y llys, llethwyd hi ar y cyntaf gan ysblander a moethusrwydd yr ystafelloedd, a gwychder gwisgoedd yr uchelwyr a'r gwragedd a welai'n ymwáu drwy'i gilydd ym mhobman. Nid oedd ganddi'r syniad lleiaf beth a ddywedai, na sut i'w ddweud, pan fyddai wyneb yn wyneb â'r brenin. Ond cofiodd fod cyfnither ei modryb wedi ei chynghori pan ofynnodd iddi.

'Dywedwch y gwir yn eich ffordd eich hun, Gwen,' oedd ei geiriau. Ond sut i ddechrau oedd y cwestiwn. Sut?

Rhywfodd neu'i gilydd, fe'i cafodd ei hunan yn penlinio o flaen y brenin ac yn dal y blwch hanner llawn yn dynn yn ei llaw. Clywai lais, llais tebyg iawn i'w llais ei hun, yn dod o ryw bellter, ac yn ceisio dweud ei neges, a dadlau ar ran Richard, ac yn gorfod cyfaddef fod y pridwerth yn fyr!

Daeth yn niwl arni, a meddyliodd ei bod yn clywed crechwen isel o gyfeiriad rhai o fawrion y llys a oedd yn ystwyrian o gwmpas. Gwyddai fod y rhai nesaf ati yn gwrando'n wawdlyd, ac yn glas-wenu'n goeglyd am ei phen. Yr oedd wedi methu yn ei hymgais, ac nid yn unig wedi methu'n druenus, ond wedi ei gwneud ei hun yn destun sbort i'r pendefigion ffroenuchel hyn, nad oedd bywyd Richard Wynne yn ddim, a llai na dim, yn eu golwg.

Yr oedd yr oerfelgarwch gwawdlyd i'w deimlo fel rhewynt oer yn cyniwair trwy'r lle. Yn sydyn, agorodd y llifddorau, a dechreuodd Gwen, heb yn wybod iddi ei hun, arllwys ei theimladau o flaen y brenin. Anghofiodd y cwbl am wŷr a gwragedd y llys, am yr holl wychder o'u cwmpas, am bopeth ond am Lowri. Lowri, a oedd yn aberthu ei bywyd, efallai, wrth wasanaethu tlodion anffodus nad oedd a wnelo hi ddim â hwy.

Byrlymodd o waelod ei chalon holl hanes y gorffennol, heb gelu dim. Dywedodd am Eban, am y Brodyr Llwydion, am y pridwerth, ac am Lowri. Adroddodd yn gynhyrfus fel y rhannodd Lowri'r pridwerth er mwyn diwallu angen estroniaid—fel yr oedd ei chwaer wedi aros yn y bwthyn tlawd i weini ar y trueiniaid, a'u teulu eu hunain wedi eu gadael i drengi o'r haint ofnadwy.

'Ond os derbyniwch y pridwerth fel y mae, O rasusaf frenin,' meddai gyda diffuantrwydd plentyn, 'mi fydd Lowri yn siŵr o dalu'r gweddill . . .'

Tawodd yn sydyn. Sylweddolodd bod rhyw dawelwch mud o'i chwmpas. O Dad trugarog! Beth oedd hi wedi ei ddweud? Beth oedd hi wedi ei wneud? Daeth ias o ofn llethol i'w chalon. Yn ei gofid a'i phryder, yr oedd wedi arllwys ei holl gyfrinachau o flaen y brenin, ac wedi dod â mwy o ofid a gwae i fywyd Lowri. Yr oedd wedi cyhuddo ei chwaer ei hun o fod yn lleidr pen-ffordd, a'r gosb am hynny oedd marwolaeth ar un o'r crocbrenni a frithai'r croesffyrdd! Yr oedd wedi datguddio yr hyn na fynnai Lowri i neb byth ei wybod. Yr oedd wedi addef bod Richard Wynne, nid yn unig yn fradwr, ond hefyd yn ysbeiliwr! Yr oedd wedi dweud mai hwy oedd y Brodyr Llwydion! Y Brodyr Llwydion! Yr oedd ei thafod erbyn hyn yn glynu yn nhaflod ei genau. Ond yr oedd yn rhy hwyr! Yn rhy hwyr! Ond rywfodd, medrodd sisial yn floesg.

'Ond gadewch i mi gymryd y gosb, eich Mawrhydi! Gadewch i mi farw yn lle Richard a Lowri!'

Parhâi'r tawelwch mud. Yr oedd y lle fel pe wedi ei drydanu. Gellid clywed pin yn disgyn yn y llys, a mentrodd hithau yn ei chyffro, godi ei llygaid glas, llawn braw, i fyny. Gwelai wŷr y llys yn sefyll fel delwau, a phob gwên wawdlyd wedi cilio'n llwyr. Estynnodd y brenin ei law iddi.

'Mae Richard Wynne o Ddinbych wedi dewis angel i ddadlau ei achos,' meddai'n gwrtais. 'A phan fydd angel yn pledio, beth all dyn ei wneud? Mi fydd y pardwn, a sêl y brenin arno, yn eich llaw yfory.'

Yr oedd popeth yn chwyldroi o gwmpas Gwen. Ond deallodd rywfodd fod popeth yn iawn, popeth yn iawn! Gadawodd y llys fel un mewn breuddwyd, gan adael deigryn, fel perl gloyw, ar gefn llaw y brenin.

PENNOD 23

Yn Nhafarn y Ddraig

Tywynnai goleuni o bob ffenestr yn Nhafarn y Ddraig, er nad oedd hi'n noson y goets fawr. Nid swper ar gyfer teithwyr oedd yn yr arfaeth y noson

hon, ond ar gyfer ffrindiau a oedd ar fedr ym-
wahanu â'i gilydd, dros dro, beth bynnag.

Hon oedd y noson olaf i Lowri a Richard dreulio
yn y Dryslwyn. Yr oedd Gwen wedi llwyddo y tu
hwnt i bob dychymyg pan oedd yn dadlau achos
Richard Wynne o Ddinbych yn llys brenin Lloegr.
Cafodd nid yn unig ei ryddid yn ôl, ond hefyd y tai
a'r tiroedd a fforffedwyd i'r wladwriaeth pan
gyhoeddwyd ef yn fradwr ac yn herwr. Derbyniodd
nid yn unig ei bardwn ond ei dreftadaeth hefyd,
dan sêl y brenin, o law Gwen, ar yr amod ei fod yn
canolbwyntio ei adnoddau a'i wrhydri mawr yng
ngwasanaeth y llywodraeth yn hytrach nag yn ei
herbyn.

Nid oedd rhoi addewid felly yn peri unrhyw
bryder i Richard Wynne. Yn wir, yr oedd yn falch o
gael ei rhoi. Anturiaethwr mentrus oedd uchelwr
Castell Maredydd wrth reddf, a buasai bywyd
tawel o segurdod diofal heb unrhyw berygl ynglŷn
ag ef yn hollol groes i'w natur. Gwyddai hefyd nad
oedd pethau yn rhy dda yn y wlad ar y pryd a bod
arni angen ei gefnogaeth ef a llawer o rai eraill
tebyg iddo.

Bu'n rhaid i Lowri, ar ôl bod yn ymegnïo'n galed i
arbed bywydau a lleddfu gofid yn y tyddyn gwael,
fynd dros dro i'w diheintio. Llwyddodd yr hen
offeiriad i gael llety iddi gyda gwraig a oedd wedi
cael y frech wen, ac yno y bu Lowri'n aros nes deall
ei bod yn rhydd oddi wrth berygl yr haint. Llawen-
ydd na allai neb ei amgyffred na'i ddirnad oedd
yng nghalon Richard Wynne pan âi yn ei gerbyd ei
hun, yn ŵr ifanc hawddgar, heb angen mwyach

ffugio musgrellni na gwisgo mwgwd ysbeiliwr, i gyrchu Lowri'n ôl i'r Dryslwyn.

Nid y Dryslwyn oedd eu cartref i fod bellach, fodd bynnag, ond Castell Maredydd, treftadaeth Richard yn Nyffryn Clwyd, gyda'i ddolydd eang a'i winllannoedd blodeuog, ac yma, ar aelwyd ei hynafiaid, yr oedd Nia fach i gael ei magu.

'Fuaswn i byth wedi medru gwneud hanner cystal ag y gwnest ti, Gwen,' meddai Lowri am y canfed tro. 'Mi fedraist gyffwrdd yng nghalon y brenin, heb os nac oni bai. Feddyliais i erioed y byddem ni'n cael Castell Maredydd yn ôl. Sut y medraist ti, Gwen? Ond ran hynny, rhywun swil, di-stŵr fel Gwen fydd yn mynd â'r maen i'r wal bob tro, yntê, Arthur?'

'Bob tro,' meddai Arthur, gan wenu ar Gwen. A chredai hynny'n gydwybodol.

Yr oeddynt yn eistedd wrth danllwyth o dân yn yr ystafell fwyta, a threiddiai aroglau hyfryd adar mân a chig rhost i mewn atynt o'r gegin y tu cefn iddynt. Edrychai Lowri'n fyfyriol i'r tân, a gwên hapus ar ei hwyneb.

'Wyddost ti be', Gwen,' meddai o'r diwedd, gan droi modrwy o'i gwallt tywyll gylch ei bys. 'Wnes i erioed feddwl y deuai'r amser y buasai'n chwith gen i adael y Dryslwyn. Ac eto, heno, mae gen i hiraeth wrth feddwl am yr hen dŷ yn dywyll, wedi ei gau, a neb ar ei gyfyl.'

'Fydd arnoch chi ddim hiraeth ymhen yr wyth-nos, Lowri,' meddai Richard. 'A barnu wrth eich golwg, does arnoch chi fawr o hiraeth heno, chwaith. Meddyliwch am yr hen neuadd fawr . . .'

154

'Na, nid hiraeth oeddwn i'n feddwl,' torrodd Lowri ar ei draws. 'Peidiwch â chamddeall. Rydw i'n dyheu am fynd yn ôl i Gastell Maredydd. Ond eto, mi fydd gen i chwithdod ar ôl y Dryslwyn, yn enwedig wrth feddwl amdano yn wag, a neb yn gofalu amdano.'

'Wna i'r tro i gadw pentiriaeth i chi yno?' gofynnodd Arthur yn sydyn. 'Ar un amod wrth gwrs,' meddai wedyn, fel y trodd pawb i edrych arno, 'na fydd raid i mi fyw yno ar fy mhen fy hun.'

Yr oedd ei lygaid ar Gwen fel y siaradai, a pharodd yr edrychiad i'r gwrid tyner ar ei boch droi'n fflam danbaid, a methodd ei llygaid gloywon â chyfarfod â'i lygaid ef.

'Campus!' chwarddodd Richard Wynne, gan feddwl mai mewn direidi y siaradai Arthur. 'Mi wna'r cynllun yna y tro i'r dim. Mi gawn ddod yn ôl felly pryd y mynnwn, a raid i Lowri ddim poeni fod yr hen dŷ yn cael ei adael.'

'Be' ydach chi'n ddeud, Gwen?' sibrydodd Arthur, gan blygu ei ben fel na allai neb arall ei glywed.

Cododd hithau ei hwyneb teg i fyny am eiliad, ac yng nglesni disglair ei llygaid cafodd Arthur Llywelyn yr ateb a ddymunai.

Ond gwyddai Arthur mai dros dro yr arhosai ef a Gwen yn y Dryslwyn. Y Faenor oedd ei gartref i fod, ac yno y byddai'n rhaid iddo ef a'i wraig fyw, maes o law. Rhys Llywelyn, tad Arthur, oedd mab hynaf y Faenor a thra bu ef yn fyw bu'r ffaith yma yn wreiddyn chwerwedd ac yn faen tramgwydd i'r Ustus ar lawer adeg. Teimlai fod ffawd wedi

155

chwarae cast ag ef. Credai mai ef ei hun a ddylasai fod yn etifedd ac nid Rhys, gan mai trwy ei wyth-iennau ef yn unig y rhedai ysfa angerddol ei hil tuag at y busnes, chwedl yntau. Ni fu calon Rhys erioed ym musnes ei gyn-dadau, ac yn sicr ni fu gan Arthur unrhyw ddiddordeb ynddo.

Nid oedd y busnes wedi llwyr orffen ar y glannau, fodd bynnag. Gwyddai Gruffydd Ellis hynny yn eithaf da. Ond nid y smyglo oedd yn mynd â'i fryd a'i feddwl y nos hon.

Methai gŵr Tafarn y Ddraig yn lân â dod dros y ffeithiau a adroddwyd wrtho. Eban! Y Brodyr Llwydion! Yr achlod fawr! Pwy fuasai'n breudd-wydio'r fath beth? Lowri a Richard! Eban, nage, Richard. Doedd 'na 'run Eban. Ond un o'r Brodyr Llwydion oedd Richard! Felly roedd Eban yn un o'r Brodyr Llwydion! Eban! O'r mawredd! Roedd peth fel hyn yn drysu dyn yn lân! Richard a Lowri yn y Dryslwyn yn nannedd perygl bob eiliad, heb i neb freuddwydio dim o'r fath beth! Yr argian fawr! Ond am Arthur a Gwen, wel, doedd hynny'n syndod yn y byd. Roedd ef ei hun wedi treiddio i mewn i'r gyfrinach honno o flaen neb arall, hyd yn oed o flaen Arthur ei hun! Ond am y Brodyr Llwydion! O'r arswyd!

Dechreuodd y morynion gario'r bwyd i mewn, yn union fel pe na bai dim wedi digwydd yn y pentref di-nod. Yr oedd Sioned newydd fod yn cwyno yn y gegin.

'Does yna ddim byd byth yn digwydd yn yr hen le 'ma,' meddai. 'Dim ond mynd i'n gwelâu a chodi a llnau a gwneud bwyd ar gyfer pobol y goets fawr.'

Ychydig a wyddent!

'Y peth sy'n fy nharo i ryfedda o ddim,' meddai Gruffydd Ellis, gan syllu ar y mwg yn esgyn o'i bibell, 'ydi'r ffaith eich bod chi wedi medru cadw'r peth heb i neb ddod i amau dim. Mi wyddoch gystal â minnau fel y daw pobol o hyd i bethau yn y ffordd ryfeddaf. Mi allech fy nharo i lawr efo pluen pan glywais i pwy oedd Eban. Ac am y Brodyr Llwydion, wel yr andros fawr! Roeddwn i'n meddwl 'mod i'n drysu, oeddwn, tawn i byth o'r fan 'ma. Fedra i ddim sylweddoli'r peth, na fedra cyn wired â 'mod i'n fyw!'

Cododd Lowri ei golygon o'r tân, a daeth tynerwch i'w llygaid tywyll.

'Roedd yna un a wyddai'r cwbl bron o'r dechrau,' meddai'n dawel. 'A wnaeth hi erioed ein bradychu. Mi ddaeth pethau'n glir iddi fesul tipyn bach. Wnaeth neb ddatguddio'r un gyfrinach iddi, ond mi dreiddiodd ei llygaid craff hi drwy'r cyfan i gyd. Mi wyddai pwy oedd Eban, ac mi wyddai pwy oedd y Brodyr Llwydion. Ond mi fu'n deyrngar i'r carn, ac mi fydd gen i barch iddi tra byddaf byw ar y ddaear!'

'Margiad!' meddai Arthur a Gwen bron ar yr un anadl.

'Nage,' meddai Lowri, a daeth deigryn gloyw i gil ei llygaid. 'Catrin Ellis!'

'O'r mawredd!' meddai gŵr y dafarn, a disgynnodd ei bibell glai yn deilchion i'r llawr.